寿木けい

閨《ねや》と厨《くりや》

CCCメディアハウス

閨と厨

もくじ

ひいの距離

行儀の悪い化粧

夜の一篇

あとは風呂に入って寝るだけというときになって、化粧をはじめることがある。しまっておいた化粧品を取り出す。黒よりも深い黒を描けるアイペンシル、しばらく遠ざかっていた弾けるような赤い口紅、ぶどう色のチーク。

風呂が沸くのを待つあいだ、息をつめて大胆に色をのせていく。トレイシー・エリス・ロスみたいにアイラインを跳ねあげてみたり、昼間原宿で見た若い子のやり方を真似て、下まぶたぎりぎりまでチークを入れてみたりする。

眉毛をスティック糊で固めてからコンシーラーで塗りつぶすやり方は、海外のドラァグクイーンの動画で知った。毛の存在をいちどは消滅させてから、マレーネ・ディートリッヒのような弓形の眉を新たに描き加えると、生まれてくる時代を間違えたような女になる。こんな眉をした生身の女をどう扱っていいか、会社のひとはきっと戸惑うだろう、そう思わせるような自立した女に。

たっぷり眠ったあとの肌には、なにをどう塗ってもきれいに決まる。

夜の化粧のユニークなところは、一日の疲れがあらわになった顔がどこまで挽回できるか、その実力を試せる点にある。どんな描き方なら欠点はましに、気に入っているところはよりあがるのか、公正な商品テストを自前でやっているということだ。

鏡は大きいほうがいい。引いたり、少しだけ近づいたりできる。間違っても、手鏡で細部を検閲するような塗り方はしない。夜の顔には酷だ。

どうせ数分後には洗い流してしまうのだから、失敗するために塗る——これも朝の化粧には許されないこと。

もともとは、雑誌の編集者をしていた頃、化粧品各社の新製品を試すためにはじめた習慣だった。

新製品は女の人口以上に生み出される。

信頼できる化粧品を、自分なりの紹介文とともに誌面に載せたいという気持ちを、私はずっと持っていた。

雑誌に載ったコピーに触発された読者を売り場まで運んで、財布をひらかせることができたら。そして、口紅ひとつで、ファンデーションひとつで、昨日より今日の顔を好きになることができたなら。こんなに嬉しい仕事はない。そう思っていた。


化粧することを「盛る」という若者表現が生まれたとき、「塗る」や「施す」よりずっと化粧の本質を突いているような気がして、行為がふさわしい言葉に出合えたと感じた。

女が盛るとき、そこには気持ちを一緒にのせている。

まつ毛はもっと豊かに、肌色は一点の曇りなく、頬は血を透かしたようなバラ色になれ。素顔のように見えるメイクというものも、根強い信者がいるけれど、アラを完璧に隠してこその擬態であることを思えば、それもまたひとつのしたたかな盛りである。

女性たちの祈りがこの表現を生んだのだと思うと、もう若くはないと嘆く前に、できることはもっとあるのではないかと身につまされる。

化粧にひと並み以上の思いを抱いてきたから、リモートワークの増加により化粧人口が減少するだろうというニュースを知ったときは、ついに——と心がざわついた。

テクノロジーがあと押しする。起き抜けでパソコンの前に立ってもメイクした風に顔を加工でき、ヘアスタイルまで修正できるフィルターも百花繚乱だ。

鏡をのぞく視線の先には、社会がある。

これから出かけていこうとする街と、そこで一緒に過ごす他人の姿を見ている。今日は顔色が冴えないとか、むくんでいるとか、他者に見られる姿を意識するからこそ、筆をもつ手に熱を込める。

デートがある日にかぎってあごに現れる吹き出物を、なんとかして肌色で埋めたい。苦手な会議がある日には、せめてメイクだけでも上出来にしたいと願う。

肌の調子がいい日になにも予定がないなんて、大事なものを取りこぼしているようにすら感じる。もちろん、都市にはそんな女のための止まり木は無数にあるのだが。

化粧を忘れ、自分を点検する目をなくしてしまった顔は、退屈であるとさえ思う。社会との間に適度な距離を保つひと呼吸が、失われてしまっている。


他人から見た顔といえば、こんなことがあった。

友だちと関西を旅行したときのことだ。彼女がスマホで私をたくさん撮ってくれていた。

先斗町でハモを食す私。

宝塚歌劇団の真紅の階段をおりてくる私。

大阪は福島、四軒目をビールで締めくくる私。

帰りの新幹線で百枚近い写真を共有しあったのだが、どうも様子がおかしい。

色は抜けるように白く、まつ毛は上を向いて扇形に広がり、フェイスラインは弛みがなく、つまり、私に美容オタクな妹がいたらまさにこんな感じという女が写っていた。

「使ってないの？　信じられないんだけど」

驚いたのは友人のほうだ。

彼女のスマホが加工モードになっているというのに、私のほうは正直モードだったから、私が撮った彼女の写真は一切加工されていなかった。がっかりする友人を見て、本当に申し訳ないことをしたと思った。

加工設定になぜ違和感をもったかといえば、そこには小石を握りしめるような馬鹿正直さがあった。


夜の顔と、たくさんの会話をしてきた。

加齢によって皮膚が薄くなってきた目の周りや、縦にのびはじめた頬、眉間に現れてきた薄い亀裂。

朝の光のなかでは目を背けたくなるようなそれらの証と、夜は素直に向き合うことができる。すぐあとには絹のパジャマと麻のシーツが待っているのだ。すべてを忘れ、夜にもぐり込めばいい。

加齢を逆手に取ることもできる。

まぶたの影も、あえて隠しきらずに、ブラウンのアイシャドウ代わりにしてしまえば、それはそれで年齢を重ねたなりの自然な深みになる。あるメイクアップアーティストが教えてくれたテクニックだ。

ひとのアドバイスを面白がってすぐやってみることができるかどうかという点でも、柔らかさが試されている気がする。夜の化粧なら、できる。

一瞬で洗い流されてしまうものだからこそ、化粧はつけたての鮮やかな意志でもって、持ち主を見返してくる。

風呂の用意ができたのを引き際にして、化粧道具をしまう。蛍の光、本日閉店。クレンジングをすべらせると、油に染み出した顔料が白い平坦なキャンバスにぼんやりひろがり、ぬるま湯に溶けて流されていく。

鏡の中には、疲れたひとりの女がいる。

ずっと馴染んできた小さく鋭い目、決して高くはないが整った鼻、そして色を失うことと引き換えにたくさんの言葉を覚えた唇で、こちらを見つめている。

まつ毛に水滴を残したそのすがすがしい顔が、一番自分らしく思える。清潔な無防備さをまだ失ってはいないと思える誇りを持ったまま、眠りにつく。

こうして私はこの顔を愛してきた。

蛍光を集め、雪のあかりのもとで顔を読む。訪れる変化を見逃さないように、目を凝らす。この視線に贅肉がついてしまわぬよう、もう少しこのままでいたい。

朝の一篇
卵

中目黒にできた、ちょっと雰囲気のいい居酒屋に入ったときのことだ。

となりのテーブルに座ったふたり連れの、女のほうが、店員を呼びつけて騒いでいる。

オムレツに卵の殻が入っているから、新しく作り直してほしいというのだ。

「せっかくの食事を台無しにされた」

女の怒りは収まらない。話の内容からすると、ふたりは恋人同士らしい。たかがオムレツ――と言ってはなんだけど――にずいぶん粘着質な語彙力をもった若いひとがいるものだ。

こんなとき、私は不謹慎にもわくわくしてしまう。眉を一本だけ吊り上げてみたり、高速で瞬きをしたりして、一緒に行った友達にあとでたしなめられる。

ふたり連れの男のほうはというと、感情を消した顔でメニューをパラパラやっている。赤の他人同士みたいなふたりが、スプーンを入れたとたんに境界が曖昧に溶けだすオムレツなんぞを分け合って食べようとしたことが、ちぐはぐに思えた。

卵料理を作ったことがない女なのかもしれない。

男というのは、あれだけの言葉でひとを刺した唇を、食事のあとで吸うことはできるものなのだろうか。

お店のひとの肩を持ちたくなってしまったのには理由がある。

毎日卵に触れていても、割るときに手元がこわばるクセが抜けない。時間にすれば一秒にも満たないだろうけれど、

「よし」

ひと呼吸置かなければ、うまいこといく気がしないのだ。

ひとり暮らしをしていた二十歳の頃、アルバイトの帰りにスーパーで卵を買って帰った。

高価な器を割ってしまい、古参の社員に叱られた日だった。

コートを着た私の肩は、もともと幅が狭いうえにウールの厚みのせいでより傾斜がつき、何度上げてもショルダーバッグのひもが肩からずり落ちてきた。両手にはスーパーのビニール袋。いらいらしながらバッグを肩にかけ、また落ちてはかけ、夜道を歩いた。

ずるっと滑り落ちたバッグがビニール袋にぶつかり、なにかが裂けて細くうめくような音を立てた。

アパートにつくと、案の定、卵は割れていた。溢れ出した白身が、野菜や牛乳パックをぬめりと覆い、殻の破片は黄身を突き刺して、橙色の脈がより低いところへ、より狭いところへと入り込んでいる。

卵すらまともに持ち帰ることができない。

「あんたって本当にだめね」

あの社員の言葉が重なった。ひとり暮らしの部屋で泣いたのは、あとにも先にもこのときだけだ。

卵は怖い。

完璧なフォルムをもち、いざ力が加われば一瞬で崩壊する膜のなかに、形の定まらない生身を抱え込んでいる。それを毎朝食べるのだ。いそいそと焼くのだ。

怖がってばかりいたわけではない。

ある料理研究家と仕事をしたとき、一か月分の卵を割った。

その方はフランスの郷土料理を専門にしていて、卵を使ったレシピを教えてくださった。柔らかく炒めた野菜と生ハムをひとりぶんのココットに詰め、卵を落としてオーブンで焼く。調味料を極力控え、ハムの塩気と、絶妙に固まった黄身をディップにして野菜を食べる、気の利いた前菜だ。

撮影用に十人分、試作で五人分を作った。撮影している間に冷めてしまったから、

「焼きたてを食べてください」

こう言って、最後にスタッフ全員分を焼いてくださった。使用した数は、少なく見積もって三十。

割り方がまた見事だった。

右手にひとつ、左手にひとつ持ち、コツンと軽くぶつけて割る。卵で卵を割るのだ。不思議なことに、割れるのは必ず片方だけ。この方法だと、卵の殻が混入してしまうこともないという。

「ひなが親鳥の真似をするみたいに、ずうっとこうしてきたのよ」

親鳥は修業先のシェフではなく、マダムのほうだった。

手品のようにきれいに割れていくさまがあまりに面白くて、私がじいと見つめすぎたせいかもしれない。

「あっ」

彼女の手元が狂い、小さな三角の殻がココットに落ちた。

「あらやだ、こんなこと初めて」

彼女が形のいい前歯を見せて大笑いした。

「ごめんなさい、私の目力が強すぎたから」

私は取り繕って必死にずらす。

あれから、家でも何度も試してみている。

必ず割れるということは、思いがけず割れてしまうということでもある。

割れない卵はない。二十歳の冬の私に、この当たり前のことを教えてあげられたらよかった。その後の人生で何度でも割るから、大丈夫。うまくいっても、いかなくても、何度でも割ったらいい。そう言ってあげられたらよかった。

ある朝キッチンで夫が横に立った。私の両手には卵。

ふと思う、何年も暮らしてきて、このひとに卵を割る姿を見せたことがあっただろうか。

「面白いもの見せてあげる」

せーの、こつん。

じゃじゃん。びっくりでしょう？

「生存本能かな」

夫はときどき、おやっと思わせることを言う。

ひとつを守るために、ひとつが壊れる。同じものがふたつあるとき、種の存続への意志が働くのではないかというのが話の筋だ。

「ふたつとも割れちゃったら、おしまいじゃないか」

苛立ちまかせに強くあてて、両方の卵を割ってしまったことがいちどだけあることを、夫には黙っていた。

ぶつかり合うたびに、もろい殻のうえを案外身軽に歩んでいるのは、夫のほう。壊さないように気をつけるほどに、力加減が分からず自分から崩れてしまうのは、いつだって私のほうだ。

割れなかったほうとて、決して無傷ではいられないはずだ。持ちこたえてなお、普段通りを平然と貫けるこのひとの強さに、何度助けられてきたことだろう。

ひと晩でひげの伸びた横顔を見て思う。このひとの中に、まだ私の知らないことがきっとある。うっすらと冷たい殻に触れたようで、触れているのに実態がつかめないような、そんな驚きがふと顔をのぞかせる日が、これから何度でもある。

フライパンのなかでぐるりとかき混ぜた、卵の甘がゆい香りがふたりの間に満ち、たったいま夫のなかに見つけた神秘も、それをもう少し眺めていたいと思った私自身も、朝のやかましさにのみ込まれてゆく。

ふうのふうふう

夜の一篇

まっすぐ飲む

二〇一四年から一五年までの一年間に、東京の街に増えたものがある。

立ち飲み屋だ。

その一年間は、出産と育児休暇で家に引っ込んでいたから間違いない。久しぶりに街に出た浦島花子は驚いた。イタリアンにフレンチ、飲茶にパフェ、ステーキまで、ビルの隙間を細長いカウンターが埋めているのだ。

長く雑誌の編集をしていたから、街を歩くときは宝探しをする習性が抜けない。建設中の物件を見つければ、なにができるのか現場のひとをつかまえて聞く。行き交うひとたちのファッションやメイクの流行から、広告写真の撮り方の傾向まで、目新しいものはないか、視線をあちこちへ走らせる。

新しく生えた立ち飲み屋には、女の姿があった。

パソコンが入ったバッグをそのへんに引っ掛け、ヒールからのびたふくらはぎを、ときに夜風にさらしながら飲んでいる。長い髪を片手で押さえながらなにかを食べる仕草というのも、珍しいものではないが、立ち飲みのカウンターに据えるとやはり新鮮に映る。

男のなかに、女が添えものになっているというふうではない。ひとりで、もしくは気の置けない友達どうしで楽しみにやってきた、そんな感じなのだ。

出版社に入社した二〇〇一年から、子どもができる一三年までを、私は酒場の現役として過ごした。

十条の斎藤や神田のみますやを筆頭に、東京三大煮込みと呼ばれる月島岸田屋、森下山利喜、北千住大はしで東京の洗礼を受けた。あの店知ってます？　と聞かれれば、知ってるもなにも昨日も行ったよ——だいたいそんな具合だった。

小説や随筆に出てくるそれらの店で、自分の財布からお金を出して飲んでいることが、私を誇らしい気分にさせた。いずれも男の作家が書いたものが多かったから、私にお酒を教えたのは男たちだとも言える。

外の酒を教えたのが男なら、中の酒は女だ。

家で飲む酒の楽しさ——ときに後ろめたさも——を綴った優れた物語の書き手には、女が多い。

家事を終え、月明かりを頼りに繊細なグラスの縁から飲む大吟醸。そのはっとするほどのなめらかさ。

ぽってり厚いぐい呑みに、とくとくと注ぐ熱燗が、のどにぎゅっと染みるさま。そこに添えられた、質素すぎるほどの肴——菜っぱの炒め、豆の煮たのや油揚げ、夕飯の残り。

家を愛し、家で過ごす時間に倦《う》んだ女にしかできない描写がある。

森瑤子なら、夏の夕暮れ。スリップドレスにカクテル。ドレスの裾にまとわりつく、暮れなずむ一日の気怠さ。

原稿用紙に埋もれてビールの小瓶をあけているのは向田邦子。ときに爪を嚙みながらグラスを見つめ、とそこへ、テレビ局からの黒電話がけたたましく横切る。

男の酒が、会計は新聞社持ちでしょうと聞きたくなる社会的な酒であるのに対し、家をしょっちゅうあけることができなかった女のそれは、生活の一部に組み込まれた、だからこそ匂い立つ個の酒である。

さまざまな店に顔を出した。

若い女がひとりで飲むとなると、それなりに無遠慮な視線にもさらされたけれど、それがかえって背筋を伸ばさせ、だらしなく酔うことを許さなかった。

なかでも新橋の「立ちのみ　竜馬」は特別な存在だった。

二〇〇〇年代初頭にはじまった立ち飲みブームを牽引したこの店は、うなぎの寝床と呼ぶにふさわしい物件に、毎晩ぎっしりひとが詰まっていた。

まず名物のまぐろの中落ちを頼んで、焼酎はロック。残業帰りに寄るときには、これに締めのサッポロ一番塩ラーメンを追加するのが、私の好きな過ごし方だった。

あるときは歩道まで客が溢れ出していて、諦めて別の店にしようとすれば、誰とはなしに人波が割れ、過不足ないひとりぶんのスペースが魔法のように拵《こしら》えられた。

心地よい混雑に体を預けて一日の疲れを溶かすような、そんな飲み方を求めてやってくるひとが多かったように思う。客同士の小競り合いや、品の悪いナンパの類もなかった。お店のひとたちが自警の眼を光らせていたのかもしれない。

道路から店の敷地へ、体をぽんと一歩運べば、もうそこは気楽な酒場である。

街に少し寄りかからせてもらうような、根なし草の気楽さ。

「これとあれ、あと、あれもください」

二十秒後には酒が置かれる。夏はキンと透明な、冬はこっぽり温かい酒が。

女が酒場に現れてずいぶん経つといっても、男と女の飲み方は違う。

下座に後輩を座らせて説教しているのも男だし、道端で戻しているのは、そう若くはないサラリーマンだ。経費で落とせるがゆえに、身分まで大きくなったようにふんぞり返っているのも、いい年した男である。

男ばかり責めていてもいけない。

カウンターにひとり陣取り、回らなくなった呂律《ろれつ》でモテない己を呪っているのは、まず女である。

三人以上で飲んでいるグループの近くは遠慮したい。地を揺らす太い声はまだいい。天を刺す喚声で笑い転げ、手を叩く。

混雑したワインバーで、

「飲めないんです」

カフェラテと生ハムを頼んで平然としていられるのも、たいていは着飾った女だ。

お酒を飲むならお汁粉のように——こう表現したのは、セツ・モードセミナーの創設者である長沢節だ。

ひとを愛し愛された、デッサンの名手らしい表現だ。

女の酒は、男のそれとはまるっきり違うところからはじまってほしい。そう長沢は言う。

「これ、おいしいね」

「もう少しいかが」

「いただこうかな」

お汁粉をふぅ、ふぅ、といただくように酒を飲む女は美しい。酒場にそよぐ風であり、一枚の絵である。

そんな女になりたいと、憧れてきた。

私が酔っぱらいをこき下ろしてしまうのは、自分も大いに醜態をさらしてきた同族嫌悪からだ。

女が酒に対して美学をもったとき、世界は変わる。

長沢が戒めたのは、そういうことではなかったか。

好きなものを好きな場所で飲む、経済的な自由。

群れずに立っていられる強さ。

そして誰かと向き合うときには、簡素で美しい言葉をもっていること——決して愚痴や噂話ではなく。

これらを、組織や会社、夫婦にもあてはめてみたらどうだろう。長沢の視線の確かさが分かる。


長沢が活躍した一九六〇年代から幾年——。

二〇一九年のある秋の日、私は大門「秋田屋」のカウンターにいた。

九十年続くもつ焼き屋で、一階と二階の椅子席の他に、外に面した立ち飲み席が設けられている。東に浜離宮、西に東京タワー。再開発だらけの街で、いまもなお時を留めるランドマーク的存在だ。

変わらぬ箱だからこそ、そこに集うひとの変遷がよく分かる、そんな生き字引のような酒場が東京にはまだいくつも残っている。

ひとりの女性が近づいてくる様子を、私はニラのおひたしをつつきながら、見るとはなしにとらえていた。

彼女がひとさし指を立て、ひとりであることを伝える。お店のひとが、まだ余裕のある店内へ案内しようとするのをさえぎり、外の立ち飲みがいいとジェスチャーで示す。

私が座る席からは、彼女の横顔がよく見えた。

彼女の前にお酒が運ばれてきた。

道しるべのようにすっと立ち、グラスを唇へもっていく。ひと雫、ひと雫、愛おしむように喉へ送る姿がなんだか珍しいような、同志のような気がして、私は彼女から目が離せなくなった。

半分ほど飲んだ頃だろうか、彼女が薄いコートのあわせをさっとはだけた。すっかり温まったひとが、満足そうにマフラーや帽子を次々に脱いでいくような、ゆったりとした所作で。

胸元から、抱っこひもにくるまれた小さな頭がのぞいた。

母親は、姿勢もリズムも乱すことなく酒を飲み、何本かの串を食べると、何事もなかったように街へ合流して行った。

満たされた母の胸とお腹は、どんなにかぬくかったろう。

ひとの小さな幸運に気が付くこともまた、私の幸運のひとつだと、そう感じるようになった。

彼女の背中が、夕暮れの雑踏に溶けこんでいく。その足取りが誰よりも力強く自由であることを願った。

朝の一篇

声を育てる

自分の声が気に入っていると言ったら、意外に思われるだろうか。

正確には、どう扱っていいか分からなかったものが、時間をかけて好きに変わった。

女の声ができあがるのはいつだろう。

家族が集まる茶の間に黒光りする電話機があった時代、

「もしもし、〇〇でございます」

母も、友達のお母さんも、大人の女はよそゆきの声で受話器を取った。

いつかは声をめかしこまなくてはならないのだということを、私は反発しながらも半分は受け入れていた。

時代と場所が変われば、声への感じ方も変わる。

山手線沿線に台湾式の朝食を出す店がある。
鹹豆漿《シェントウジャン》というすっぱい豆乳スープと焼きたてのパンが人気の店で、週末は開店前から行列ができる。対して平日はゆったりしているから、少し遅めの出勤で構わないときにたまに寄ることにしている。

ある朝スープをすくっていると、となりのテーブルに女性ばかり五人のグループが案内されてきた。年齢は私と同じくらい。同じように伸ばした髪を、同じようなバレッタで同じように留め、似た色合いのニットを着ている。

まず私が想像したのは、会社を抜けてミーティングにやってきた五人組だ。パワーブレックファストというのだろうか、新しいもの好きの女性のリーダーかなんかが、同僚を集めてやってきたのかと思ったのだ。

会話の仕方も、その印象をあと押しした。友達同士ではなく、自分自身を隠しているような靄《もや》がかかっていた。

耳をそばだててみると、五人の関心はその場にいないある一組の親子に向けられていた。同じ小学校に通う子どもを持つ母親五人組というわけだ。

母子家庭だとか、私たちの子どもに悪影響だとか、品がないだとかいう言葉が聞こえてくる。朝からめかしこんで、ずいぶんな噂話をしているものだ。

なにより耳についたのは、その声だ。

あまりに高く、細く、金属的な声。そこに時折混じる含み笑い。

夫婦が揃い、子に恵まれるという偶然が重なった人生を、我こそはお日様の下を一番正しく歩いているのだと言わんばかり、他の女とその子どもを踏みつけにして進んでいく。

主語が自分でないひとと話す煩わしさを避けて、いろんな交際から遠ざかっていた私の耳に、彼女たちの均一な声の群れが残った。


自分の声を聞くのは勇気がいる。

ライターや編集といった仕事に就くひとたちは、取材時に録音をとることがほとんどだから、他の職業にくらべて自分の声を聞く機会が多い。

かくいう私も、最初は自分の声が恥ずかしくて、頭からコートをかぶりデスクにしがみついて聞いた。

しかし、これにかぎっては何遍も聞きに聞いて慣れるしかない。

何度か聞いていると、ふとしたタイミングでなかなか悪くないと思える声が出てくる。一時間のインタビューの録音のなかで、ひとつ、もしくはふたつ。なにかを真剣に相手に伝えようとしているときや、自分を大きく見せようと構えていないときに、力の抜けた穏やかな声を、ぽんっと発していることがある。

そのときの声を覚えておいて、なるべくその理想に近づけるように話すことを心がけるだけでも、声は変えられる。耳のいい物まね芸人になったつもりで、自分の声帯を摸写しながら声を調律していくイメージをもつのだ。

思えば、私が自分の声を決定的に疎ましく思うようになったのは、出版社に入ってから二、三年目のことだった。

「出世しそうだけど、モテないタイプでしょ」

「電話ではちょっと怖そうな方だなと思ったんですけど、お会いすると小柄でカワイラシイ方なんで安心しました」

想像以上の速さで人間関係が広がっていくなか、男からは採点を、女からは打ち解けようとする親しみの表現を、出会いがしらに受け取るようになった。

どんな声で話せばいいのか、すっかり分からなくなっていた。

会うひとすべてに好かれたいという思い上がりが胸の内にあったから、よけいに、第一声がまっすぐ出なくなった。

声について悩んでいるのが自分だけではないと知ったのは、三十歳を過ぎてからだ。

「声に自信がなくて、会議で堂々と発言することができない」

「恋人の前でも、男の部下の前で話すみたいな声を出してしまう」

会社で部下をもつようになった同年代の女友達から、似たような悩みを打ち明けられた。

政府による女性活用の旗振りのもと、下駄を履かせられたと自覚する女にとって、準備不足のまま表舞台に立たされる際に一番不安になるのは声なのだ。まともな女ほど、実力だけでポジションを手にしたなんて思わない。いい加減な男の上司も見てきたはずなのに、自分の番となると、適当にはできないのだ。説得力のある声を身につけようと、ボイストレーニングやスピーチのレッスンに通っている友人もいた。

女はそのときどきの感情を、男よりもはるかに饒舌に声にのせることができる。その器用さが、かえって彼女たちを縛るのではないだろうか。

女が手に取るのが家庭の黒電話ではなく、金曜夕方の客からのクレーム電話や、月曜朝いちの局長からの内線電話に代わってから、まだそんなに時は経っていない。時代は進んでいるらしいが、運ばれる人間は急に変われるものではない。

私たちは自分の本当の声を探して、いまもさまよっている。


当時働いていた編集部で声の特集を組みたいといったら、運よく編集会議を通った。

ファッション、それもかなりハイエンドなものも扱う雑誌だったけれど、女性を幸せにするものならなんでも——宝石やバッグじゃなくても——取り上げさせてくれる度量があった。

ボイストレーニングやセラピーを実際に受けてみたり、識者にインタビューをしたりして、私たちのチームはリサーチを積み上げていった。

声には色も手触りもある。

無料のサンプルは街中に溢れていて、ぽっかりあいた時間などによく拾いにいった。

ずいぶん舌ったらずな甘えた声だなあと、違和感とともに吊り革の間からのぞいて見れば、皺に白粉が入り込んだおばあさんだったこともある。

喫茶店でいかがわしい勧誘をしている声というのは、一点の曇りなく底抜けに能天気で、かえってこちらを不穏な気持ちにさせる。

テレビのなかの女性の声は総じて高音化しているし、男性歌手のヒット曲も高音のものが増えた。

安心する声といえば、一番は子どもの声だろう。

子どもをもってから、体はもちろん声の成長も楽しみで、まめに録画や録音を残すようになった。

子どもはまず声で主張をはじめる。勇気をもって自分の内側を外の世界に差し出してゆく。こんな素晴らしい贈り物を、いつから私たちは曲げたり、装ったりするようになるのだろう。

思えば、声を慎重に扱いながら他人との距離をはかり続けることが、大人になるということなのかもしれない。だからこそ、声をとことん認めて褒めてやるというのは、アイデンティティを育む大事な一歩だと思う。

ある朝、ごはんを頬張りながら、子どもが不思議な呪文を唱えた。

「クムクリマジョラリジョマジョワムー」

好きなだけお代わりできる、魔法の言葉らしい。

私も一緒になって、おひつからもう一膳よそった。

意味なんてどうでもいい。声の生み出すリズムやその子らしさを、いまのうちにこの耳で楽しみつくしたい。


昨年の秋、ご縁のあったラジオ番組で、美しく強い声の持ち主を知った。

ナビゲーターのAさんの明るい声に引き上げてもらうようにして、人見知りな私もおしゃべりが弾んだ。実際の放送を聴いてみると、リラックスして楽しそうに話せていたし、ちゃんと私っぽくて安心した。

声は伝染る。これも、忘れられがちなこと。

いい声で話しかけられると、いい声で返事をしたくなる。ならば、どんな声と一緒に過ごしたいだろうか。

友達でも、仕事相手でも、目の前の声に意識を集中させてみたら、また別の姿が浮かびあがってくるのかもしれない。

みいのあけすけ

夜の一篇

額縁ひとつ

玄関に紙を一枚飾っている。

友人が結婚祝いに贈ってくれたブーケの包み紙で、版から手作りして刷った味わいのあるものだ。あとになって友人に聞けば、代々木上原にあるフラワーショップのものだと教えてくれた。

オーナーのKさんは大人になってから版画を学び、手ずから版を削って色をのせ、版画紙でくるんだ花を届けることを仕事に選んだという。息づかいが感じられる、世界にひとつの包み紙である。

その美しい、しかし気取らない紙は、ベネチアで訪れた小さな活版印刷の店を思い出させた。

バチカンの影響から比較的自由でいられたベネチアには、独自の洗練された印刷文化が育まれ、粋な紙を扱う小さな店が町のいたるところにある。

街より町と書きたくなるのは、地図上に戯れに水路を描きなぐったような地形の複雑さと、自動車が存在しない閉じられた狭さによる。

名前はもう忘れてしまったけれど、インクとカビのにおいで満たされた小さな店で求めた分厚いノートは、私の本棚の一番目立つところにいつもある。丁寧な装飾を施されたそのノートと同じにおいを、ブーケの包み紙はもっていた。その紙を捨てようなんて、考えもしなかった。

紙に合わせて額を買い、玄関に飾った日から九年。壁を彩るために作られたものではないからこそ、自分なりの目利きで選んだ愛おしさがある。

寝室へあがる階段の踊り場に飾っているのは、骨董市で見つけた、十九世紀初頭の鉱物のクロモリトグラフだ。

鉱物というのは美しいと同時に、静謐でどこか恐ろしい。

家事から解放され、深夜に階段をあがるとき、こっちの日常とあっちの眠りの世界に結界を張る舞台装置のようで、気に入っている。

石なら寝室にもある。

ともに鶏卵ほどの大きさだろうか、アマゾナイトとスモーキークオーツをチェストのうえに飾り、そこに、小さな読書灯のあかりが注ぐように配置してある。スモーキークオーツを通過した薄茶色のあかりが、白い天板に映る。猫のひたいほどもない一角だけれど、眠る前に必ず眺める大好きな場所である。

うちに加わったもののなかで比較的新しいのは、今井麗《うらら》さんの油絵だ。バタートーストや果物などの、光に満ちた静物画で知られる今井さんの作品のなかから私が選んだのは、『METAL POTATO』と題された一枚。

大野晶《ひかり》さんのインスタレーションを油絵に写し取ったもので、一見じゃがいものようで、よく見ると鎖につながれた金属のオブジェが描かれている。今井さんにしては珍しいモチーフだし、触ってみるまではなにも信じてはならないような、認知を歪ませる意外性が面白いと感じた。

ひとが選ばないほうをあえて選ぶということは、自分の選択に責任をもつということ。

この絵をギャラリーで見つけたのが偶然にも誕生日だったから、それ以来、毎年ひとつ、アーティストの作品を買うことに決めた。なにを大切にして一年を過ごしていくのか、松明となるようなものが、年を重ねるごとに増えていく楽しみができた。

他にも、速水御舟の素描二点は、それぞれ寝室と和室に。山口正児さんの個展で求めた、石をモチーフにしたイラストは、ガレージへと続く廊下に飾っている。書斎の脇には、写真家の松原博子さんによる、女性がドレスをまとった連作を四点飾っていて、その一角だけは、かつて私がファッション誌の編集者であったことを示している。

こうして家の中のものを挙げてみると、私が絵や写真に明るいように思われるかもしれないけれど、そうではない。

大学時代の友人や出版社時代に知り合ったアーティストのなかには、生まれたときから文化的資産に恵まれているひとたちがいた。

自宅に横山大観の絵が転がっているとか、世界的な学者の父をもち数か国語を操るだとかいった、代々北陸の農家で育った私には逆立ちしても敵わない洗練を、息をするように吸収してきたひとたちが。

私がこのコンプレックスを強烈に自覚したのは、二十代半ばのことだった。

当時仲良くしてもらっていた詩人のHさん夫妻が、夏になると、房総半島にある別荘に誘ってくださった。

モダンな平屋には、自己紹介も追いつかないほど、さまざまなひとが出入りしていた。作家や画家、カメラマン、ジャーナリストや編集者――表現することを是とする人々が、Hさんの人間の大きさに惹かれて集まった。

それぞれがお気に入りの場所を見つけ、体力のあるものは泳ぎにでかけ、そうでないものは酒を飲み、議論し、ピアノを弾いた。

そんな風に過ごしているものだから、真夜中になると腹が減った。酔っぱらったHさんが曲芸のように作ってくれた麻婆豆腐以上においしいものを、私は知らない。

長い夜をそれからどうやって過ごしたか。ちゃんと眠った記憶はほとんどない。時間ならいくらでもあった。誰よりも若かった私は、女であるというだけで赦《ゆる》され、下にも置かないような扱いを受けていた。そう記憶しているのは、私が居づらくないように大人たちが気を遣ってくれていたからだろう。

まともな議論ができる相手ではないと見なされれば、女というものは、崇められるか、やんわり無視されるかのどちらかに落ち着く。若くて酒に強い、よく笑う楽しい女であれば、前者の確率のほうが高くなる。それだけのことだ。

考えることを手放してしまえば、年齢ほど逃げ込むのに安全な場所はない。

しかし、特別扱いに居心地の悪さを感じはじめた女は、どうやってここから脱出できるかを考えはじめる。もちろん、いずれ次の若い女が現れると知りつつ、留まり続ける女もいる。

そろそろ東京の暮らしが恋しくなってきたある夜、ひとりの画家がやってきた。都会のサラリーマンとは、何もかも違っていた。

自分の描いた絵を無造作に抱えて、

「買ってくれなきゃ画廊に売っちゃう。値段は適当に決めていいからさ」

ちょっと投げやりな感じで、何枚かの絵をベージュのカーペットに並べはじめた。

そのときの私には、絵を買うなんて発想はまるでなくて、他人事みたいに酒を飲んでおしゃべりに興じていた。二十代の小娘が絵を買うわけがないと、自分をみくびってもいたのだ。

「けいちゃんは、絵が見られないのね」

絵を囲む盛んな議論の輪に加わろうとしない私を見て、Hさんの奥さんがこう言った。

ねえ、けいちゃん、と私だけに向き直ったあと、

「あなたくらいの歳になったら、自分の眼で絵のひとつやふたつ選べなければ、本当じゃないわよ」

もうずっと昔のことなのに、このときの奥さんの視線も、声も、忘れない。

奥さんが言ったのは、絵のことだけではない。

みずから人生を泳ぎ出してなにかをつかんでやろうとか、ひとを楽しませる前に誰よりも自分が面白がってやろうとか、そういったことのすべて——若さを失ってから俄然輝きだす、ひとの魅力の泉のようなもの——に私が手を抜いていることを、見ていたのだと思う。

二十六歳。うんと若いわけでもなく、まだ何者にもなれていないのにうぬぼれだけは強い自分を、場の賑わいに器用に紛れ込ませていたつもりだったけれど、なんのことはない、まともな大人の女にはとっくに知れていた。

翌日東京に戻る私を、奥さんは車で駅まで送ってくれた。

前晩の会話なんて、なにひとつ覚えていないようなからりとした調子で、

「またきてね、東京でも会いましょうね」

いつまでも手を振ってくれた。

あの夏の日以来、いちどもHさん夫婦に会っていない。

ふとしたことでぷつりと途切れてしまった縁を、たぐりよせることもしないいま、東京での日々にかまけていた私の胸に、本当じゃないわよ――奥さんの言葉はいまも鮮やかに立っている。


それから何年も、私はアートと呼ばれるたぐいのものから距離を置いていた。アートを理解できないことは、足りないことであり、恥ずかしいことだと思っていた。

しかし、高騰しそうな現代アーティストを調べることはできても、心からの好きという感情を誰かから習うことはできない。

幸いなことに、編集者としてさまざまなひと――カメラマンやアートディレクター、スタイリストといった、すぐれた審美眼をもつひとたち――と一緒に仕事をするなかで、打ち合わせで訪れた店で鈴木信太郎さんの絵を知ったり、オードリー・ヘップバーンよりアヌーク・エーメに憧れたり、心を動かされる箇所を自覚するようになった。

自覚しはじめたらしめたもので、暮らしのなかでも、あの店の窓側の席は気持ちがいいとか、あの本の装丁のイラストは何度でも見てしまうとか、忘れたくない場面をカメラに収めるようにして、イメージの断片を自分のなかに蓄えておけるようになった。

物事をどう見るかは、自分で決めていい。

一定量を超えた「好き」のストックは、私のなかでぶくぶくと熟成をはじめ、言うべきときに、

「ああ、これが好き」

呼吸をするように出てくるようになった。

三十歳のとき、ひとり暮らしの部屋に初めて飾ったのは、フィンランドのブランド「マリメッコ」のデザイナーで陶芸家、石本藤雄さんの作品だった。

たっぷりした一枚の布を、木枠に張り付けてくれる工房を宮城に見つけ、メールで何度もサイズと絵柄の切り取り方をシミュレーションしながら仕上げてもらった。

ひとり暮らしの部屋が、その絵のための白い箱に変わった。

木の幹と葉の脈を繊細に描きながらも、平面上に大胆な構図で配置したその絵は、北欧と聞いて思い浮かべる絵柄とは少し軸をずらし、琳派にも通じるものがある。決して威圧せず、どこか温かい。いまではダイニングの壁に飾っていて、普段は存在すら忘れ、肌のように暮らしに馴染んでいる。しかしふとしたときに眺めれば、新鮮な気持ちを取り戻せる。

額縁に飾るのはギャラリーお墨付きの名画や、有名写真家の作品だけときめつけるのはもったいない。

家の中には、自分だけの小さな楽しみを用意していたい。

いま、私の家のリビングの壁一面は、さまざまな表情の額縁で埋め尽くされている。

私と夫、それぞれの家族の写真。恩師からもらった忘れられないメッセージ。海外から届いたグリーティングカード。大好きだったけれど似合わなくなったアクセサリー。

それぞれのテイストに合うよう額装してある。

毎日過ごす場所なのだから、自分の好きなものだけで埋め尽くしたい。こんな簡単で気持ちのいいことに、長く気がつかずに歩いてきた。

見てください、これが私の大好きなものです——Hさん夫婦にそう伝えられる日は来るだろうか。

こんなふうに歳を重ねたいというひとつの希望を、二十六歳のあの夏、Hさんの奥さんというひとのなかに、私は確かに見つけだしていた。

からだの始末

朝の一篇

われながら、だらしがないなあと感じることがある。

たとえば、チューブの容器から多くひねり出しすぎてしまったハンドクリーム。

手首にまで塗りたくったあと、

「ちょっと貸して」

もったいなくて、ひげ剃りを持って通りかかった夫をつかまえてぬすりつける。

ラベンダーの香りが夫の爪や甲まで覆って、印をつけたような気がする。

夫の体をこんな風になれなれしく扱う女がいたらいやだな。

そんな気持ちが朝っぱらからぽっと芽を出すことに驚く。夫は夫で、子どもが見ていない隙に私の尻をぽんと叩いて仕返しをしてくる。尻がふわふわと揺れる。

それから、子どもの鼻水が止まらない夜。

まだ大人みたいにうまく鼻がかめないから、こっちももどかしくなり、すぼめた唇を鼻の穴につけて一気に吸ってやる。生温かいかと思いきや案外ひんやりした黄緑色の粘液が、ずるっとのびてくる。突然吸い付いてきた母の唇の感触がおかしいやらびっくりするやらで、子どもは布団に入らないでいつまでも笑い転げている。

食事中に子どもがくしゃみをしたときなんかもそう。飛んできた米粒を、ひょいとつまんで、ビールを飲みながら食べてしまったりする。

こんなふうにして、からだの始末がだらしなくなることが増えた。触れたり、触れさせたりすることに鈍感になる。よそさまが同じことをしている姿を見せつけられたら、動物みたいと目を背けたくなるだろう。

思春期の頃、親戚の叔母やうんと年上の従姉妹たちを見てふてぶてしさを感じていた理由が、この辺りにあるように思う。

あごや背中にうっすら積もった肉とはまた別の、自分と他人との境界線がなし崩しにされたあけすけさ。若くて張りのあった私は、それをどこか不潔で異質なものとして警戒していた。自分と世間との境界線はもっと厳密なものだったのだ。

体だけではない。

コートのポケットにはじまり、リュックの外ポケット、デスクの引き出しまで、秘密が守られていなくてはならない場所に、探しものをしていてうっかり侵入してしまうことがある。

印鑑の朱肉、二円切手、子どもの保険証。

勝手にあけてはいけないと一瞬はためらうものの、いちど指をかけてしまえば、そこに見てはならないものが入っていていいはずがないという、したたかな開き直りへと変わる。本当に秘密にしたければ、胸にしまっておくしかないのだから、証拠品を押収されてしまうほうがヘマをこいているのだ。


ひょんなことがきっかけだった。

夫から譲り受けたノートパソコンのなかに、ある日、一枚のファイルを見つけた。

名前は〈タイピングのテスト〉。保存日は二〇一一年七月。

その夏、私は都心のひとり暮らしのマンションから、夫が暮らす神奈川県の郊外に引っ越したばかりで、秋には結婚式を控えていた。

自宅でも仕事をしやすいようにと、夫が私のためにＷｉ－Ｆｉ環境やＯＡ機器を整えてくれた際に打ったテキストが自動保存されていたのを見つけたのだ。

夫の文章を読んだのは、あれが初めてだった。

都会で編集者として忙しく働いていたひとを、譲れない趣味のために選んだ遠い街へ連れて来てしまった申し訳なさ。

だからこそ、なんとしてでもこのひとを幸せにしようという決意。

そのために自分にはなにができるか――。

練られた文ではないのが、余計に心に響いた。

パソコンを買い替えるたびに、私がこの文書を大切に移行させていることを、おそらく夫は知らない。


私たち夫婦が生きているのは、毎日協力し合わなければ乗り切れない、切実な暮らしだ。

家のこと、子どものこと、それぞれの仕事のこと。無数の小さな義務と、それに対しほんの少し享受できる権利で、情報処理能力はいっぱいになる。胸の内なんて悠長なもの、生活を前にすれば吹き飛ばされてしまう。

暮らしを仕切っていくのは体であり、心はそれに付き従うもの。少なくとも子どもが生まれるまで、私はそう思っていた。体が資本、と言い換えてもいい。

そんな暮らしのなかにあって、夫のこの文章は、書いた本人にも予測できない光で私の結婚生活を照らしている。

過去からやってきた言葉が、未来の夫の瑕疵《かし》を赦すかもしれない。

それに比べれば体なんて、なんと不安定で生々しいものを、私たちはえんやこらと運んでゆくのだろう。

よおの余韻

夜の一篇

姉の温度

三番目の姉が死んでから七年が経つ。

私には四人の姉がいて、私は末っ子、つまり五番目の娘である。

三番目の姉をTと呼ぶ。亡くなったとき、Tは四十三歳だった。

Tの病気が分かった二〇一二年一月から今日までの間、私は初めて授かった子を失い、生家を火事でなくし、そしてふたりの子どもの親になった。

生と死、喪失と再起を一巡し大きな環を感じた年月だった。

二〇一二年の夏、お腹のなかで命が消えてしまったとき、よくあること——一五パーセント前後の確率で起こると言われている——だから気にしない、とそれまで以上に仕事に没頭するようになった。

Tは赤ちゃんがやってきたことを喜んでいたし、私は私で、Tに抱かせるために生むという使命感すら持っていた。子どもが生まれるまでは、どうしても姉に生きていてほしかった。

しかし子どもは死んでしまい、大事な炎を吹き消してしまったと感じた。

その年の秋、温泉に入りたいというTのリクエストによって、家族が久しぶりに集まることになった。病院からも一日だけ外泊許可がおりた。手を施せることはなにもない段階であることを、本人以外の全員が知っていた。

Tに会うのは、お盆休みに帰省して以来三か月ぶりだった。

いま命ある体がここまで削ぎ落とされることがあるのかというほど、極限まで小さくなったTを、私は直視することができなかった。離れて暮らしていたからこそ、死がたくましい速さでTの体に棲みついたことを見つけてしまった。

家族みなが、生と死の間にある時限装置つきの空間に、それぞれの思いを抱えて立っているときに、私ひとりがしびれをきらした子どものように、宿から逃げ出して車の中でおんおんと泣いた。だってもうすぐ死んでしまう。それなのに、Tは生きるつもりでいる。


この家族旅行から一週間後にTは旅立った。

「Tちゃん、そろそろお迎えがきそうです」

姉から朝メールをもらい、東京から新幹線で駆けつけた三時間半の間に、Tは待つことなく逝ってしまった。

姉が最期を過ごしていたベッドにはまだ温かさが残っていて、私はしばらくそのベッドに腰かけ、膝から下をぶらぶらさせていた。そのうちシーツの熱は、私のものかTの残した温度だったのか分からなくなった。

Tはもう苦しまないのだと思うと、悲しみよりも、温かい気持ちが広がった。一週間前、すぐそこまで迫ってきているひとつの死に、家族で束になって対峙してTのそばにいたあの時から、私たち家族はすでに癒やされはじめていたのだと思う。

「東京の妹さんですね、一緒にいらっしゃいませんか?」

病院のスタッフに声をかけられて我に返り、案内されて風呂場へ向かう。

Tの体は先に移されており、私はそこで死者に行われるさまざまな医学的措置を初めて知った。

Tちゃん——病院のスタッフから姉はこう呼ばれていた——にお化粧をしていただけますか? そう促されて窓辺に立つと、Tが病室に置いていた化粧ボックスが用意されていた。私が贈った化粧品がちんまり整列されて、きれい好きな彼女らしかった。

顔色の変化を見せないように、ファンデーションはカバー力のあるものを厚く塗ってくださいとアドバイスされた。これはきれいにできた。しかし、チークになると、小さくなった頰にはブラシが大きすぎて、小鼻や耳たぶにまで桃色のパウダーがはみ出してしまった。

うまくできなかったのは、ブラシのせいだけではない。

最期までなんてきれいなひとだったろう、むしろ、病を得てから、内側から花が開くように神々しくなっていったひとだったと、見入っていたせいでもあった。

看護師をしていたTは、自分にそのときがきたときにはどう振る舞うか、彼女なりの信仰——本人は意識していなかったかもしれないけれど——を持っていたように思う。緩和ケアのための個室に移ってからも、「ありがとう」と「お願いします」を欠かさなかったと、あとから病院のスタッフに聞いた。

お天道さまにおでこをきちんと差し出して、一歩、一歩、階段をのぼっていったような去り方だった。

死化粧を施していたその間、母と他の姉たちがどこでなにをしていたのか記憶にない。

病院の廊下で母を見つけたときは、

「おかあさん、昼ごはん食べた？」

こんなときにどうしてと思うような言葉が、あっけらかんと出てきた。


Tを連れて帰ってからは、若かっただけに、弔問客も多かった。

葬式にまつわるおびただしい数の準備と、通夜から告別式、四十九日法要までの一連の形式的な型そのものに、残された者たちの背中をさする力があることを知った。

辛い別れの記憶は月日とともに形を変え、それを抱きながら人生は、多分、当分続いていく。続けていかなくてはならない。

葬儀の日、喪主として挨拶をする甥の姿が、たくさんの涙を誘った。Tはふたつの命を生んで育て、ひとりで逝った。

「親より先に死ぬなんて一番の親不孝や。葬式なんてあげてやらんでいい」

当然のようにこう言い放った年寄りもいたと聞く。そういう土地なのだ。

私は家族のなかで最後に死にたいと思った。こんな苦しみを家族や夫に味わわせたくない。誰よりも長生きしたいと、火葬場の冷たい椅子に座ってぼんやり考えていた。そのためには、体を大事にするという当たり前のことをちゃんとしなくてはと、ようやく思ったのだった。

そうやって生きることをはじめたら、再び命を授かった。二〇一三年春。流産から約一年、Tの死から半年が経とうとしていた。

新たな命がやってきて初めて、最初の子を思って泣くことができた。

ずっと泣きたかったし、私は怒っていたんだと気がついた。生命の神秘さまとやらに対して、もの分かりの良い風を装う必要なんてなかった。なぜ私がこんな目に、ふざけるなと暴れても良かったはずなのだ。

流産をした当時、仕事に逃げてばかりいた。ある日左半身がひどい疱疹に覆われ、このままでは排尿できない体になると、医師からきつく注意された。

心の痛みから目を背けたまま無茶な運転を続けた結果、体のほうが先に悲鳴を上げたのだった。怒りを生んだのが生命の摂理なら、その怒りと向き合う力を与えてくれたのもまた、生命の力だったのだ。

命を考えるとき、思い出す光景がある。

Tが入院し、私が流産を経験した二〇一二年の夏のことだ。

北欧出身の写真家A・Eのアトリエで、葬式を撮り続けた写真を見たことがある。奥様（日本人）の親族が亡くなった際に、京都のある町で執り行われた葬儀だという。当時私は彼と一緒にファッションページの撮影を行っていて、ミーティングのために何度かアトリエを訪れていた。

粛々と進む冬の儀式を同じアングルから捉えた一連の写真が、パーマセルテープで壁に何十枚と貼られていた。

雪の白と喪服の黒のコントラスト、そしてそのなかに散らばった日本人の黄色い肌の群れを、とても美しいと思った。白い半衿が、機能的なだけでなく、審美的にも大きな効果を持つこともそのとき分かった。

と同時にその写真は部外者――血のつながらない者――を一切受け入れないフォークダンスのように見えた。

たき火を囲んで輪になって踊る、規則正しくて緩慢なあのダンス。とすれば、カメラを構え異国からやってきた青い瞳の会葬者に血のつながりはなく、輪の外と内のどこに位置するのだろうか。

ひとは女によって産み落とされる。男は受精以外に一体どこに足場を置く存在なのだろう。それまで命が住んでいたお腹が空っぽになってしまった私は、そんなことを考えながら身動きできずにいた。

フォークダンスで次のひととつなぐための手を、私は差し出すことができなかった。環をつなげられなかったという痛みを抱えて、写真の前に立っていた。


二〇一四年、長女が生まれた。

穏やかな顔で眠っている娘を見て、

「こりゃびっくりした、Tの生まれ変わりやねえ」

そういうことを言い出す親族は、ひとりやふたりいるものだ。

それまでの私なら、またそんな非科学的なこと言ってと取り合わなかったかもしれない。でも、そういうことがあってもおかしくはないと、いまは思う。証明できるとも、できないとも、どちらでも構わないようなことが、生のなかに漂っていていい。

娘の柔らかい栗色の髪も、桃のような頬も、確かに、私が昔から知っているものだ。

血のダンス、血のわき起こり——この感情になんと名をつけて良いのか分からないけれど、女という性を、なんと不思議な存在かと思う。

対の卵巣に卵をいっぱい抱えて生まれ、排出してはまたひとつ成熟させ、それがある日形になり、十か月で産み落とす。

乳を吸わせ、食物を与えて言葉を教える。つないでいく存在としての自分というものを、大海に漂う小さな点に感じる。

願わくば、Tに子どもたちを見せたかった。この不思議と神秘を共有して、血の連帯だけがもつ親しみで、笑い合いたかった。

朝の一篇

回るかかと

ひとが忙しく立ち働く姿を見るのが好きだ。

私にとってのそれは、正月に母と五人姉妹で台所に立つごちそうの支度だった。嫁ぎ先から戻ってくる姉たちとその家族、まだ独身だった末っ子の私が年に一度集う席に用意するのは、富山湾の海の幸や寿司、煮物、揚げ物。主役はすき焼き。この献立はずっと変わらなかった。

買い出しも盛大で、スーパーのかごにパック詰めの牛肉があるだけ積み上げられる。溶き卵はひとり三個の計算だったから、卵だけでかごがひとつ必要だった。どの顔も退屈そうに見えた田舎のスーパーも、このときばかりはよそんちの気忙しさまで写し取り、浮き立っていた。

帰宅すると、待ち構えていた姉が袋を勝手口で受け取り、台所に運んで荷を解く。あるものは冷たい水で洗われ、あるものは刻まれ等分にされ、大皿に手早く並べられていく。

まな板の前が母の定位置だ。左手で焼豆腐をうけとめ、包丁でタンッと切り分けていくまわりを、エプロン姿の五人の娘たちが忙しく立ち働いている。むくむくと着込んだセーターの袖をまくりあげ、そっくりの華奢な手首をのぞかせて。

ハレの日の皿を食器棚の高いところから出す者。

男衆のところへ煎茶をさし替えにゆく者。

煮物を大鉢に盛りつける者。

思い思いの靴下を履いたかかとが、台所の真ん中に置かれた灯油ストーブを器用に避け、くるくると部屋じゅうを回っていた。

ぶつかり合うこともなければ、同じ作業を奪い合うこともなく、女たちの手が、脚が、正月の空気をかき混ぜ、古い床がしなっていた。働く、と聞いて私が思い浮かべる光景のひとつだ。

すき焼きの材料が揃ったところで、私は槌目入りの大鍋と卓上コンロを持って客間へ急ぐ。鏡餅にのせられた昆布とみかんの清潔な香りが、寒さと一緒になって鼻をついてくる。

上座の真ん中にコンロと鍋をセットして、火力調整つまみの向きを確認する。そのうち灯油ストーブが運びこまれ、こたつのスイッチが入り、部屋が予熱にかけられる。ビールグラス、箸、調味料——宴に必要な一切が部屋に集まってくる。

男衆はというと、居間で子どもたちと一緒にあぐらをかいてテレビを見ている。女系家族の鮮やかな手さばきの連帯から締め出される代わりに、

「働かざる者、うまそうに大いに食うべし」

これもまた彼らに与えられた祝いの日の役割だ。

暖まりはじめたこたつに正座の膝を少しだけ突っ込んで、私は鍋に牛脂を熱しはじめる。熱い鍋肌に肉を広げて割り下を注ぐ。醬油がジュッと沸いたら、牛肉をひっくり返す。

立ちのぼる肉の匂いに誘われて、客間にひとが集まりはじめる。多いときは姉たちとその家族で十五人を超えていた。

乾杯もそこそこに、あちこちからいっせいに差し出されるとんすい目がけて、私は手際よく菜箸で肉を広げては放りこんでいく。とんすいにはもちろん溶き卵。

私がここまでの役割を照れずにできるようになったのは、東京で働きはじめて少し経った二十三、四の頃だったように思う。

白滝に焼豆腐、春菊が加わり、牛肉が松から竹、梅へと変わり、あらゆる具がいっしょくたに煮込まれる頃、子どもはごちそうに飽きて遊びはじめ、大人だけの静かな時間が訪れる。

姉妹は誰ともなく鍋をさらってきれいにし、いらなくなった皿を下げたり、冷蔵庫から追加の肉を持ってきたりする。女だけが食べる、仕切り直しのすき焼きのために、松を数パック残しておくグッジョブな者がいるのだ。

ぬくい部屋でお酒も回ってきた折に、横着して腰をあげ渋る娘がいないようにした母の躾というものを、この歳になると得難く思う。


こうして過ごした実家が、七年前に火事で全焼した。

三番目の姉が病死してすぐのことだった。古いけれど洒落た家で、地下に広い蔵のようなスペースを取ってあったから、家はなにもかもすっかり燃えてしまってから、ストンと陥没してしまった。一瞬で目の前から消えたと、後日家族から聞いた。

あの槌目入りの大鍋だけは、煤だらけになりながらどこかに転がっているのではないかと、いまでも思うことがある。家も木立もなくした更地から、爪先にこつんとぶつかって顔を出してきそうな気がするのだ。

物心ついたときからずっとそばにあった。高価なものだったかどうかも知らない。

あの鍋のことだけではなく、家族を頻繁に見舞って家や土地の始末について気遣うこともしないで、私は東京で家庭のようなものを築くのに必死だった。そのくせ鍋物の季節になると、どこかにあの鍋に似た姿を追ってしまう。見つからないことを期待して——と書くと矛盾しているけれど、見つけないために探す。

都会で目が合った途端、もう二度とは叶わない団欒の余韻がパチンと弾け、鍋が西瓜にでも化けてしまうような気がするのだ。

いつの祝福

夜の一篇

不倫と乾杯

女友達がオーパス・ワンを抱えて遊びに来たのは、私が三十代半ばに、彼女が後半に差しかかった年の瀬だった。

聞けば、同級生のウェディングパーティの幹事を務めたお礼に送られてきたのだという。

パーティ当日に新札を数枚包んでもらっていたことに加えての、不意の贈り物。会は盛大で、関係者へのメールだけでも「仕事より大変だった」と彼女に言わせたのだから、よほどの貢献だったのだろう。

「だってほら、ひとりで開けるワインじゃないし、それに私、料理しないから」

私はやんわり制すと、夫とともにはしゃいでご相伴にあずかった。

ひとと分け合うのに言い訳を必要とする贈りものが、決して優しくないものだということを、このとき知った。

食事会でいちどだけ話したことがある、いかにも羽振りのよさそうな同級生の肉付きのいいあごをぼんやり思い出し、苦い気持ちが広がったけれど、さすがにワインは全員から言葉を奪うほど別格の味わいだった。


彼女にワインを一緒にあける相手がなかったわけではない。

長く続いている不倫相手がいた。

そのひとは、女友達の部屋を自宅のようにして生活し、行きつけの居酒屋でも、奥さん、旦那さんという呼び名で通っていた。

オーパス・ワンの酔いが薄く回り、夫が食後のコーヒーを淹れるために席を外したのを潮に、彼女が話しはじめた。

友達が文脈を唐突に切って、時系列も前後に揺れながら、無防備にしかし言葉を選んで語りはじめる打ち明け話を、私は人生のなかでひとと共有すべき大切なもののひとつだと思っている。

そういう本題はきまって恥ずかしがりで、お開き直前にようやく顔を出し、それでいて前菜を食べているときのそれよりもずっと面白い。

女が閉店間際のレストランで、空になったコーヒーカップを前に何時間も話し込むことができるのは、この本当のほうの話を支えるだけの下世話な好奇心と、背中をさする親しみの表現の両方を持ち合わせているからだ。

食後に彼女が聞かせてくれた話はこうだ。

相手がいつものように家に帰ってきたある晩、

「いいものもらっちゃった」

彼女はワインを掲げて見せたという。

デパートで買ったチーズとローストビーフも用意してあった。確かにこの瞬間まで、高価なワインはくつろいだ夜をさらに良いものにしてくれるはずだったのだ。

「そういうのはさ」

相手はワインを一瞥してから、じぶんちみたいに冷蔵庫をあけると、

「ちゃんとした相手とあけなよ」

と言ったという。手には彼女が欠かさず買い置いている缶チューハイを握って。

気が進まなくても、一杯付き合うよと真似だけでもしてくれたっていいではな

いか。もらいものなら、なおさら。記念日でもなんでもない夜に飲んでしまってよいではないか。

こんな台詞、言ってしまえば負けになる。男の言葉は、ずるさなんてものとは違う。馬鹿みたいに正直で、女をまっすぐ傷つけるのだ。

だからこそ、傷ついた女の機嫌を取って余りあるそのあとの睦み事を思う。すぐに白黒つけたがる私のような女には立ち入ることができない、甘い沼を思う。

彼女は結局、自分もチューハイを取り出して飲んだという。

なんかさ、ぺしゃんこになっちゃうね——こんなとき、私たちはよくこんな風に気持ちを表現しあう。そうそう、ぺしゃんこ。

夏の出来事だというから、高貴なワインは抜栓されないまま、ふたりが暮らす部屋で秋と冬を過ごした。

「今年のうちにあけちゃいたくて」

彼女の願いは叶い、大掃除もそこそこに、おせち料理をフライングしつつの忘年会はしみじみと楽しいものになった。しかし不倫のほうは、今年のうちに——とはならなかった。

オーパス・ワン事件が彼女の長い不倫の新たなはじまりだったと分かるのは、

ずっとあとになってからのこと。

あの晩、乾杯を取り下げ、彼女はなにか大きなものを譲った。しかしそれは他人から見て不幸だとかそういった類のものでは決してないだろう。生きていてよかったと震えるような時間さえ、与えてくれたのではないだろうか。


乾杯といえばもうひとつ、懐かしく思い出す出来事がある。

ワインバーで学生時代からの友人と待ち合わせをしていたときのことだ。三十歳になろうかという頃で、職場でなんらかの役職がつく同期も増えはじめていた。メーカーに勤める彼女のほうに昇進の祝い事があり、仕事帰りに乾杯する約束をしていたのだった。

先に店に入ったのは私のほう。少し遅れるとメールが届いたきり、十分待っても彼女は来ない。ワインリストを掲げて目配せしてきた店員に首を振り、

「揃ってからで、お願いします」

そう答えると、店員は会釈して去っていった。しかしカウンターの男が黙ってはいなかった。

「ここ、ワインの店なのに？　頼まないで待つの？　古風だね」

茶化してみせたあと、僕が輸入しているワインがあるので一杯ご馳走しますよとも誘ってきた。それでも、私が彼女を待ちたい気持ちは動かなかった。

もうすぐ来ますからと遠慮したものの、十五分、二十分と進むにつれ、お尻のあたりがむずむずしはじめた。しかしいまさら引っ込みもつかない。じゅうぶんな明るさなどないのに、文庫本を取り出してめくってみたり、食事のメニューを眺めたりして、宙ぶらりんと過ごしていた。水のグラスに敷かれたコースターはすっかりふやけ、縁がめくれあがっていた。

そのうち男がまたなにか話しかけてきたけれど、その頃にはもう胆も据わり、自分が置かれた状況を面白がれるようにさえなっていて、ワイングラスを手元に置いて収まりのいい絵の一部になろうとは思わなかった。

三十分ほど経っただろうか、

「ごめん、充電がなくなっちゃって」

息を切らして入ってきた友達を見て、男が大げさに言った。

「なあんだ、健気に待ってるから、どんな男前の彼氏が現れるのかと思ったら」

さっきよりすっかり酔っぱらってつけ加えるには、

「じつはさ、この子、フラれたんじゃないかってハラハラしてたんだよね」

事情を察したらしい勘のいい彼女は、私と男の間に座ると、分厚いワインリストを盛大に広げて結界を張った。

私たちはシャンパンを見るだけ見たあと、カヴァの真ん中より少し上のボトルを選んで、ようやく小さな乾杯にこぎつけたのだった。

会ったばかりの男と親しげに話しながら一杯飲んで待っていたところで、友達が気を悪くすることはなかったと思う。仕切り直して乾杯をすればいい、それだけのことだ。

飲みにいく年齢になってずいぶん経っても、私には相手のほうに腰を軽くひねって、申し出になびくような身のこなしはできなかった。

あなたは隙がない、もっと自分から開いていかなきゃ――結婚適齢期といわれる年齢になったとたん、当然のように差し向けられるアドバイスを、図星と知りながら、直そうとして直せる性質のものではないことを受け入れつつあったのもこの頃だった。

あの晩、互いに待ち遠しさを持ち寄ってなにに祝杯をあげるのか、本当は私たちにだってよく分かっていなかったのかもしれない。

しかし、夜にひかえた乾杯への高揚こそが、議題を決めるためだけに開かれる会議や、駅のホームで足を踏まれたのはこっちなのに舌打ちを浴びるといった昼間のざらつきを、大したことないと受け流してくれる。

私たちはいつだって乾杯を待ちわびている。

昨日をちゃんとやれていたか点検し、今日をささやかに打ち上げ、明日へつなげるために。次も、その次も、幸せな杯を。そう願いながら、都会にばらばらに散っていた者たちが、乾杯という一点で交差する。

だからこそ、いま目の前にいるひとと心からの気軽な乾杯を交わせないのであれば、人生の深い部分に決して立ち入らせてはいけない。そう私はひとすじにも思い続けているのだ。

朝の一篇

ダイヤモンドが欲しい

二十八歳の頃、私の指にはすでにダイヤモンドがあった。出張で訪れたロンドンで買った指輪で、小さなダイヤモンドが三粒、いまではあまり見かけない珍しいセッティングではめ込まれていた。

「ロンドンのジュエリーは世界で一番面白いから、買わなきゃ損ですよ」

見るだけでも楽しいから――プレスツアーで同行した別の出版社の編集者にそそのかされ、ボンドストリートにあるアンティークマーケットへ向かった。出張のなかに組み込まれた、数時間の自由行動だった。

どうせおもちゃみたいなものと踏んで値札をめくって見れば、数百万円。場違いなところに来てしまったと、肩をすぼめて隅を歩く。八千円の指輪の横に、八百万円の指輪が転がっていることもざらで、とにかく世界中の宝石をぶちまけたような散らかりようなのだ。

例の編集者は、

「ボーナス全額つぎ込みます」

と宣言した軍資金を手に、意気揚々と獲物を狙って闊歩していた。有名雑誌のジュエリー担当を長年務める彼女にとって、石は投資の対象なのだ。

見るだけ、見るだけ――そう思って他人行儀に歩を緩めたとたん、引き寄せられるように視界に入ってきてしまったものがある。

ダイヤモンド。

息をのむ音が聞こえたのだろうか、

「十七世紀のもので、いまはこのデザインでは作れないでしょうね。素晴らしいリングです」

お店のひとが歌うような英語で誘ってくる。

「サイズが大きいのはね、昔の婦人はグローブの上から指輪をして見せていたんです。間違いなくあなたに似合いますよ」

結局、サイズを直してもらい、翌日朝一番で取りに行ってから日本へ連れて帰ってきた。

ちっちゃなものを指にくっつけただけなのに、景色まで変えてしまう、弾むようなあの気持ち。

異国にいる高揚が気を大きくさせた買い損じではなかった。

そんじょそこらにはないデザインで、誰に見せても素敵ねえと言われる自慢の指輪。たまに着け忘れて家を出てしまった日には、落ち着かなくて取りに戻った。

二十八歳から三十九歳の間、惚れ抜いた。

こうして出合ったお気に入りの指輪があるから、他にダイヤモンドなんていらない。あげると言われたって、もらわない。十年前、婚約したばかりの私はそう思っていた。事実、左手の薬指に移してもぴったりいけたから、なんの問題もなかった。

しかし、兆しは突然やってくる。

ある朝、左手の薬指に輝くそれに違和感をおぼえるようなった。あれだけよく似合うと思ったものが、なんだかファンシーに見える。

ではさっさと外してしまえるかというと、そうはいかない。

たとえばエスカレーターで。手すりのベルトに左手をおけば、鋭い輝きは健在で、ああ、やっぱりこのリングが好きだという気持ちが湧いてくる。

しかし久しぶりに会った友人が一粒ダイヤのとても趣味のいいリングをしていたりすると、比べずにはいられなくて、なぜ私は三つもくっつけているのだろうと羨ましくなる。

別れるべきか、続けるべきか。

いちど似合わないと自覚したジュエリーと付き合い続けるというのは、サイズの合わない靴を履き続けるのと同じくらい、自分に対して気まずいものである。

潮時を教えてくれるのは、体だ。

顔が月日を経て変わるように、体も、指も変わる。肉が落ちて筋張ってきたこの指が、もっとふさわしいものをくれと主張するようになったのだ。


女の体とジュエリーと書いて私が思い浮かべるのは、ホテルやレストランのブッフェだ。

皿に食べ物を取り分けながらひとが空間を移動する姿を見る機会というのは、なかなかない。なかでも普段の暮らしが透けて見えるのは、手である。

近所のレストランのモーニングで、何度か近くのテーブルになった老夫婦がいる。

　四人がけのテーブルに、ふたりは向き合わずに必ず並んで座り、ナイフとフォークを使ってオムレツやベーコンを美しい所作で食べていた。ドリンクバーのコーヒーも、カップの取っ手をそのまま持ってくるようなことはしない。奥様のほうがカップをソーサーにのせてスプーンをセットし、ふたりぶんをトレイにのせて運んでくる。その手の表情の優雅なこと。

　左手の薬指にはダイヤモンドのリング。他の指には同じくダイヤモンドをちりばめた太めのパヴェを二本つけている。そのうち一本は右の小指につけられていて、それがなんともチャーミングなのだ。シワとシミのある年代ものの勲章の肌に寄り添い、華を足していた。

　またあるときは、三浦半島は観音崎のリゾートホテルでも美しいひとを見た。おばあちゃんと呼ばれるそのひとは、家族三代で年末年始の旅行にきていたようで、大勢で朝食をとっていた。

　食後一杯ずつの煎茶を茶托にのせ、トレイに並べてみんなのもとへ運ぶのが、彼女が率先して引き受けている役割だった。

　ボタンを押せばごうごうと豆を砕き、ミルクの泡が勢いよく吹き出してカフェラテができあがるマシンにひとが群がるなか、お茶を選ぶひとというだけで珍しかった。

骨張ってさっぱりした指にリングはなく、代わりに、華奢な手首に古いロレックスのオイスター。足元はヌバックのドライビングシューズ。休日の朝に女のひとが時計をしている姿の思わぬ凜々しさに打たれた。

ふたりの婦人にあって他のひとにはなかったものは、緊張感である。見られていることなど意識していない、自分のものとして身についた所作。鷹揚さと気高さ。アクセサリーやジュエリーはひとに寄り添って、一部になり、その存在を際立たせる。


ダイヤモンドが欲しい。

四十を迎えようとして初めて、私はそう思った。

私が夫になにかを切り出すのは、必ず朝食のあとだ。朝は暮らしのなかで一番余裕がある時間。コーヒーを淹れて、カップを夫に差し出すときがタイミングだ。

「あの、じつは、指輪が欲しいんですが」

子どもまでもうけた相手に、緊張しながら切り出す。

夫は夫で、こちらが気を揉んでいることも知らず、

「うん、買おっか。婚約指輪買ってなかったし、もうすぐ誕生日だし」

あっさりしたものだ。

半分出そうか――拍子抜けして、このひとことがあと少しで出そうになった。買ってくれるというのだから、買ってもらおう。

ひとになにかしてもらうことを先回りして封じてしまう癖を引っ込めた。指輪をまだ買ってもらっていいなかった妻を演《や》るのだ。

ねだることが夫を喜ばせるかもしれないという考えが、一ミリもなかったとは言わない。私は、実際にねだってみるということが極端にないまま妻になった。なんでも自分で決めてきたからだろうか、大きな買い物ほど、私は不思議と迷わない。大きなもののなかでもひときわ大きい家も、これだと決めてしまえば振り返らなかった。大きなもののなかでは比較的小さな、結婚式や披露宴の場所も、一回で決めた。

今回だって、好きなものがなければ、買わないでいようと決めていた。それなのに、雨宿りがてら入った銀座のデパートで、いきなり見つけてしまった。

「ご婚約指輪でいらっしゃいますか？」

客は私だけ。

給料三か月分のクラスを勧められては申し訳ないから、

「あ、いえ……誕生日に……」

切れ味悪く答えて店員をいったん牽制し、手頃な値段のほうから見ていく。

「四十になるので、普段の誕生日とはちょっと違うものを」

場がもたなくてしゃべりすぎてしまう。

ピンときた指輪が三歩先にあるのが分かっているのに、すぐには飛びつけなくて、じりじり距離を詰める。

やっとたどり着いて、その輝きを正面から捉える。やっぱりこれだ。

上から見ると正方形。ダイヤモンドの四つの角を立て爪で支えた、甘さを排した直線的なデザインが、ひと目で気に入った。

「つけてみてもいいですか」

店員の顔がぱあっと明るくなり、

「ゼロ、十、二十、三十の四つの年代を礎にして、お客さまのこれからの人生の門出を祝うにふさわしいダイヤモンドだと思います」

マニュアルか、即興か。

物語の広げ方の巧みさといやみのなさに感心して、胸の名札を確認してしまう。

これはと思うひとに会ったら、なるべく名前で呼びたい。

白い手袋でリングを取り出し、うやうやしく薬指にはめてくれる。

ロンドンでは、男の素っ気ない手で、居酒屋のお通しみたいに置かれた指輪を、自分ではめたのだっけ。

手入れをしていない指が恥ずかしかったけれど、そんなことはお構いなしに、彼女のほうが熱心に何度も小さく頷いて、鏡を見つめる私を見つめている。

「お客様は手が小さめでいらっしゃるから、小さなダイヤモンドでもじゅうぶん迫力が出ます」

短い間にぐっと距離を詰めてきて、こうたたみかける。

財布にやさしい手をしていたなんて、知らなかった。


次の週、夫を連れて再び彼女を訪ねた。

予算の上限を一度も通達することなく、

「すごく似合う」

涼しい顔でカードを出した夫を、じつをいうと、かなり見直した。

帰りは七丁目のライオンに寄った。ビールくらい、私のおごりだ。

乾杯の手に指輪はない。お渡しは二か月後になります——待たせることも物語のうちだろうか。

「三か月分だったらどうしようって、ひやひやした」

ひと口飲んだら落ち着いたのか、本音が出た。目の前にいるのが、三カ月ぶんを欲しがれる女だったら、人生は違うものになっていただろう。

私は夏生まれだから、指輪に会える頃には季節はひとつ深まる。

未知の暮らしと不安に心躍らせて、ダイヤモンドひとつで有頂天になる新妻ではなかった。男のひととひとつ屋根の下に暮らし、子を産み終わってからのダイヤモンド。愛すると決め、自分の一部にしていく。

ある秋の日、洗い物を済ませた私は、ゴム手袋から左手を取り出して朝の光に透かしてみた。複雑にカットされた無数の面が、光を取り込んでは跳ね返す。

「マーマ、きれーねー」

太ももにしがみついた子どもが、まんまるの目で見上げていた。

むぅの別嬪

夜の一篇

水を裁つ

大人になってからクロールを習いはじめた。

長年勤めた出版社を辞めたあと、何日か残っていた有給休暇を使って、個人レッスンを受けることにした。

平泳ぎはわりと得意だったけれど、クロールとなると進む前に沈んでしまう。近所のスポーツクラブで貼り紙を見つけたとき、いましかない、一レッスン三十分のチケットを四回ぶん買ったのだった。

九月も半ばだというのに、昼間は水に逃げ込みたいくらいの高温多湿が続いていた。

コーチとの待ち合わせは、プールの端っこ。集合まで軽く二十分ほど流して体をほぐしてから、レッスンにのぞんだ。

効果はてきめんで、それまで本や動画を頼った自己流では決して叶えられなかったのに、初回で十五メートルは進めるようになり、四回で二十五メートルを泳ぎ切れるようになった。

体の軸を左右にしならせながら、スクリューのようになって進むことや、ひじの隙間から天を仰いで息つぎをすることなど、イメージ通りに体に司令を出せることの楽しさを知った。次のレッスンが待ち遠しくて、駅のホームで空を掻くようになるとは、傘をゴルフクラブに見立てたひとたちを笑えない。

あの頃、周囲は知るはずもなかったけれど、新しく手に入れた泳げる世界に私は夢中だった。

「運を動かすと書いて、運動」

いい買い物したねと金言で切り返してくれたのは、いつも面白い話し相手になってくれる女友達だ。

これが冬だったら、家で昔の映画でも観ていただろう。

新しくなにかを習得したという弾みが、次の職場、つまり第二の人生へむけて背中を押してくれたことは間違いなかった。

レッスンが終了してからも、プール通いは続いた。

泳げるようになったら、今度は、忘れたくないという意地が出てきたのだ。

夜のプールはすいていて、幸運なときはコースを独り占めできることもあり、同じ会費なのに得をした気分になった。

誰の痕跡も残っていないコースに体を沈め、壁を蹴って泳ぎだす。

二十五メートルの往路は、慣れ親しんだ平泳ぎで。

水の抵抗を利用して推進力を増すために上向きに揃えた指が、シルクの布をツーと裂く裁ち鋏のように思えてくる。鋏となった私は、水のなかをしんしんと進む。世界一大きなクジラになったつもりで、ダイナミックなフォームで水をつかむ。この瞬間を味わうために、私は泳ぐ。

ターンのあとの復路は、クロールに切り替える。

水面を軽薄に移動するあめんぼになって、ピッチを速める。両手の指を柔らかく水を突き刺すスコップに軽く揃え、息継ぎの回数を多く取って進む。搔く搔く、吸う、搔く搔く、吸う。

生き物をイメージするのは、雑念を追い出すためだ。少なくとも、自分を飽きさせずに済む。三十分やそこいらを泳ぎ続けようとすると、水の中というのは案外退屈な場所なのだ。

集中して泳いでいる間に、気がつけば営業終了間際のラッシュアワーを迎えていることもあった。大浴場とサウナが併設されていたから、その日の汗を流しがてらやってくるひとも多かった。


いちど、女性同士が言い合う場面にでくわしたことがある。


ことの発端は、コース上で立ち止まっておしゃべりをするべきではないとかそういったことだったと思う。プールを気軽な社交の場とするか、真剣な有酸素運動の場とするか、ふたつの正義がぶつかり合っていた。

スポーツクラブの監視員が仲裁に入ってもまだ言い合うふたりは、親子ほど年が離れて見えた。そう見えたのは私だけではない。

「クソガキが」

片方が確かにこう言ったから、相手を自分よりうんと若く見積もっていたはずだ。

塩素の薄い匂いが満ちた、すべての音が水に吸われる空間ではっきりと響いたクソガキは、この世でひとが口にしていい言葉とは思えないほど、場違いで乾いていた。

もっとも、水の中ほど見えたという言葉があてにならない場所はない。力強いキックと滑らかな肩関節の動きで軽々と私を追い抜いていったひとが、更衣室で会うと、二十、いや、三十も年が上だったりして、しわが波打った全身をじいと見てしまったことがある。あんな風に力強く泳げたら、きっと精神まで自由だ。

水が現実を歪めてしまうのは、女としての姿にもいえる。化粧を落とし、髪をナイロンキャップにおしこんでしまえば、もう誰が誰だか分かりはしない。おまけにゴーグルで目まで覆い隠してしまうから、風貌を正確にとらえるのはいよいよ不可能に近い。

女がまとう化粧や服、バッグやアクセサリーは、社会的な記号として鎧の役割を果たし、私たちを余計な争いから護ってくれているのではないだろうか。

東京都内の銭湯の取材をしていた頃、女湯は喧嘩が多いと聞いたことがある。けっこう手加減なしの激しさで、警察を呼んだことが何度もあると、ある銭湯経営者が教えてくれた。

「おんなのひとってさ、カミソリ、小さいの、持ってるでしょう?」

声をひそめられ、背筋を冷たいものが走った。

プールでは、水着を身につけてはいるものの、裸に近い状態で水に体を放り出して遊んでいるのだ。一触即発でカッとなることが、他のスポーツより多いのかもしれない。

水の中では、ひとが持つ質が助長され、正義感の強いひとはより強く、ぞんざいな口のきき方をするひとはよりぞんざいになる。だからこそ、紳士淑女として振る舞えるひとは、おそらく陸に上がっても、ひとかどの人物に違いないと思うのだ。


水中とうってかわって和気あいあいと賑やかなのは、更衣室である。

ここで落ち合うことが日課になっているのだろう。常連同士は会話も弾み、ご主人は無事退院されたのか、お孫さんは大きくなったかなど、互いのプライベートを更新し合っている。

先ほどコース上で口論していたふたりも、きっといるはずだ。

「さきほどは、どうも失礼しました」

「いいえ、こちらこそ」

陸に戻って社会の顔を取り戻した者同士、こう譲り合っていてくれたらいいのにと願う。しかし、どうせ分かりゃしないと知らんぷりして、他のお客さんに紛れて帰ることだってできるのである。

髪を乾かして洋服を身につけ、時間を巻き戻すようにそのひとらしく仕上がっていくさまを盗み見る。

ケバケバしいのからシックなものまで、ちいちゃなタオルで器用に前を隠しながら、それぞれの仕方でちゃっちゃと身支度してゆく。

世代が上になるほど、きちんと櫛を通して髪を整えるのが当たり前で、私のように適当に乾かしてゴムで一本にくくってしまうのなんか、色気も恥じらいもない部類に入る。年配のひとが、パーマをかけた髪を両手でふわっと整え、口紅を薄く引いている仕草は、若いひとなんかよりずっとあだっぽいとさえ思う。

点検の結果、少なくともこの空間にはクソガキとのたまいそうな口元のひとはどこを探しても見当たらない。

となるとこっちは狐につままれた気分である。尻尾をまいてそそくさと退散するには、泳いだあとの女にはやることが多すぎるのだから。

自分だけが水陸の人間観察を楽しんでいるつもりでいたら、あるときプールサイドで出し抜けに話しかけられて驚いた。

「ずいぶん上達なさいましたね」

私がひと夏の数日をトレーニングに励み、その後もクロールを大事に続けていることを、そのひとはずっと見ていたらしいのだ。

むき出しの好奇心まで見咎められたような気がして、私は耳まで赤くなった。


それ以来、私とそのひとの間でちょっとしたエールの送り合いがはじまった。

相手はかなりの上級者らしく、いつも一番奥の長距離コースで泳いでいる。私は、途中で立ち止まったり歩いたりしても構わない、手前の初級コース。

プールエリアに足を踏み入れてすぐに彼の存在に気がつくこともあるし、泳ぎ終わってさあ帰ろうというときになってふと視線が合うこともある。もちろん、顔を合わさない日もある。

やり方はこうだ。

まず男性のほうがクロールの腕のジェスチャーを二、三掻きしたあと、右手の親指を、空に捺印するみたいにぐいと力をこめてくる。ベリーグッド、というわけだ。

次いで私。あまり目立たないように、胸の前で小さくいちどだけ親指を立てる。

「クロール、頑張ってますね」

「おかげさまで」

私としては、こういうやり取りのつもり。

そのひとの陸の姿を確かめてみたいとは思わない。振り合う袖もない水の上だからこその、口笛のように気軽なおしゃべりである。

朝の一篇

器をさがす

おいしいものとおしゃれが好きとあって、いくつになっても残高が気がかりだ。そこへきて、さらに好きなものがある。

器だ。

昨年の十連休の最終日、九年ぶりに益子の陶器市を訪れた。

九年前には想像もしていなかった人生である。

結婚して母になり、職業も、作る料理も変わった。目を見張って溜息をつく感性の大部分が、生活者としての現実と算盤《そろばん》から成り立っている。食洗機は可能か、重さは、耐久性は、容量は、値段は――たった数秒の間に、多くの情報が頭のなかを忙しくかけ回る。

太陽のもとで土の器を見て遊ぶというのは、ひとにとっても器にとっても、最高のお膳立てだ。

自然のなかで見る器は、かっこつけない、洗いざらしの素顔みたいなもの。立派なギャラリーの威光に惑わされることなく、そのひとなりの食生活に寄り添う一点を選ぶことができる。

お金持ちそうなのも、あんまりもってなさそうなのも、枯淡も、ひとり暮らし一年生も、いっしょくたになってお宝を見つけようと腕まくりをするから陶器市は楽しい。


器を選ぶ際に大事なのは、まず軽さだ。

いくら惹かれても、持ちあげたときにずっしり重いのはだめである。ごめんなさい勘違いでした、見なかったことにして棚に戻す。

いっぽうで、拍子抜けするほど軽いものがある。驚きが顔に出ていたのだろう、作家と目が合い、

「分かります？　軽いでしょ」

とうれしそうに声をかけられた。

陶器においての軽さというのは、女性でいう別嬪さんの類の褒め言葉と同義だ

と思う。そんな器はきまって高価だから悩ましい。

次に、洋服のコーディネートと同じで、この皿にはどんな料理が合うだろうかと考えながら選ぶこと。

私はいつも握りこぶしを一人前の主菜に見立て、中鉢や平皿の真ん中に添えてみる。三つレシピが思い浮かべば、その器は買ってもいい。

ただし、ここからが難しいところで、たとえば何通りにでも着られるコットンの黒いワンピースが実生活でも大いに役立つのに対し、なんにでも使えることを謳った器――多目的碗や万能鉢などと呼ばれるもの――というのは、結局は役立たずであったりする。

持たない暮らしがもてはやされる現代では特に需要があるらしく、昔に比べると多くの窯が手がけるようになった。こうした器のトレンドに乗るかどうかは、器作家自身も大いに迷うところだと、陶器市の立ち話でも聞いた。

だからこそ、せっかく器を求めるのであれば、焼き魚を盛るならこれといった、唯一の心持ちで選ぶほうが、長く愛せる一枚に出合えると思う。

選んだ時点で、そのひとなりの物差しが介在しているから、同じ皿にたとえばチーズケーキを盛っても、案外しっくりまとまってしまう。こと器との付き合いに関しては、こうした番狂わせにこそ面白さがある。

そして耐久性。

長く使えるという点では、磁器よりも陶器に軍配があがる。磁器は少しでも欠けてしまったら文字通り欠陥に見え、横着の証のようで肩身が狭い。いまだに欠けた器のほうをうっかり夫側の食卓に並べてしまうと、しまったと思い、なんとか隙を見つけて自分のほうと取り替えてしまう。

その点、陶器はいい。欠けすらも、ときに味わいになる。油やソースの淡い名残が土の層に染み、表情は奥行きを増していく。暮らしと一緒に育っていく。

こんな話を作家とじかにできるのも、陶器市を訪れる嬉しさだ。


嬉しい再会もあった。

せっかちな性分で、開場前から「おはようございます」と頭を下げながら、まだ設営途中のブースを見るとはなしに眺めていた。ふと、引きつけられるお店があった。夢中で矯めつ眇めつしながら視線をあげた先に、

「あっ、どうも」

佐藤敬《たかし》さんそのひとが立っていた。

好きな作家のもとへ地図も見ないで朝一番にたどり着くとは、買い物好きの嗅覚にも年季が入ってきた。

こうして久しぶりに益子の町を歩きながら、この感覚はなにかに似ているという感じを覚えた。

出合えるかもしれないという期待と同時に、簡単に見つかるものではないことも知っている気だるさが入り混じり、時計の針だけが進むのもよしとするこの感覚。

同じさがしものでも、人間のほうの話だ。

ファッション誌の編集者だった頃、街に出てスカウトをしていた。

場所はたいてい原宿から表参道あたり。ダイヤモンドの原石を見つけ、被写体として誌面に登場してもらうのである。当時声をかけた女性のなかには、現在は女優やモデルとして活躍している方もいる。

スカウトのコツは、さがさないことだ。

目を皿のようにして行き交う人々の姿を追いかけることはしない。スマホでメールをチェックしたり、景色をぼんやり見たりしながら、凪ぐようにして街に立つ。なぜなら、そのひとは自分のほうから視界に飛び込んできてくれるから。

飛び込んでくるひとは、まず目がいい。二重だとか大きいとかではなく、視線が強い。

それから、口元に清潔感がある。

そして、姿がいい。姿勢というより、こちらにまっすぐ歩いてくる足の運びとか、丁寧に受け答えをする口調とか、そういったものすべてだ。

遠目からも分かる見事なスタイルで、完璧なメイクをして流行の服を着て歩く女性もいる。そういうひとに心を動かされるかというと、必ずしもそうではない。

時々一緒にスカウトをしていたあるメイクアップアーティストは、

「私を見てよって顔に書いてある女なんて、面白くもなんともない」

とまったく興味を示さなかった。

ひとというのは、心の中で思っていることが案外表情に出ているものなのだ。

みんながスマホを片手にあっちへきょろきょろ、こっちへそわそわ、欲しいものさえ分からずに流されている都会の街で、まさか声をかけられるなんて思わずに自分の歩く先だけを見つめているひとは、かえってその集中力で自分を清々しく際立たせている。

食卓の器はどうだろう。

最低限譲れない条件は心に留めつつも、あとは時の運と気まぐれ任せがいい。

たとえば、絶対に白磁の小鉢でなくてはならないと願い過ぎると、かえって出合えないものだ。

忘れた頃にふと入った店で、淡い卵色の蕎麦猪口を見つけ、これを小鉢にしてみたらどうだろう――こっちのほうが余分な力が抜けていて、自分をいつもと少し違う場所に連れていってくれる遊びがある。

迷ったら買わない。これも大切なこと。

強く求めすぎることなく、でも、決して探すことを諦めないこと。いつ出合ってもいいように、小さな兆しや変化をメモして準備しておくこと。ピンときて初めて、近寄ってみて、触れて、迷う余地のないものだけを自分のもとへ招き入れたらいい。

身のまわりのなにを選ぶにしても――友人やパートナーを選ぶときなどは、とくに――同じことが言えるのではないかと思うのだ。

ななの孤独

店との約束

夜の一篇

ある料理店で顧客だけを招く食事会があり、私もたまに末席に連なっている。店が開いている料理塾にしばらく通った縁である。その日のために特別なコースが用意され、塾の卒業生であれば誰でも参加できる。

師走の折、厳しい冬にむけて厚みを蓄えた野や海の幸が並んだ。向付には、富山は氷見の鰤。吸物には鯛と蕎麦。焼き物には真魚鰹の味噌漬け、強肴は越前蟹を酢物で。締めのご飯にはほっくり、むかご。最後にお汁粉をほんの少しと、お薄でお開きとなった。

ごちそうに合わせられていたお酒がまたいい。

唇がびっくりしないほどの、ちょうどよい燗の付けかた。喉へするすると流れたかと思うと、柔らかい檜の香りが鼻に抜ける。喉元はふっくらと温かい。気が付かないうちにすっとそばへ寄って注いでくださるから、呼吸をするように自然に盃が進む。

なにより料理を引き立てていた。酒器の美しさや温度の絶妙な加減もあったろう。下戸もいれば私のような飲み上戸もいる。会費制ゆえ、予算内で一番よいお酒を選ばれたのだと思う。

どちらのお酒でしょうかと聞けば、スーパーで目にする有名な銘柄が返ってきた。ちょうど正月用の酒を買おうと思っていた。帰りにスーパーに寄れば、あったあった、同じもの。値段も千円しない。

その日の晩、ほんの味見と言い聞かせて封を切った。高級店の魔法は解けても、じゅうぶんおいしい。結局私と夫の腹にすんなり納まり、さらに買いに走り、おせち料理に合わせて新年をことほいだ。

以来その酒をまめに買っている。値段が手頃だから、風邪気味のときは卵酒にしたり、瓶の底に指二本ぶん残ったら、えいやっ、料理にも使ってしまえる。

知られすぎた酒だからこその悲運というものがあるのかもしれない。師走の会食で出合い直さなければ、手に取ることもなかった。

こんな話を、月に何度か寄る日本酒の店で友人に披露していたときのことだ。

カウンターの向こうから、初めて見る顔が言った。

「うちは蔵元から直接仕入れている酒ばかりなんですよ。スーパーにあるような酒は、せいぜい料理に使うくらいですね」

言うだけ言って、奥へ消えていった。

ケンカを売られにきたわけではない。酒を売られにきたのだ。

別のスタッフをつかまえて聞けば、オープン当初からいた店長が辞めてしまい、新しく入った店長とのこと。不在を知って改めて、前の店長がいたからこそこの店に通い続けていたのだと気付く。個人がオーナーではない店では、こうした突然の四番バッター交代はあるものだし、それに対し私ができることは特にない。

いつもなら、また来ますと言って店をあとにするのだけど、このときはどうしても言えなかった。

ごちそうさまです。

おいしかった。

また来ます。

この三点が揃ってひとつの挨拶である。

熱いお茶が出てくるとき、会計のとき、店を出るとき。何度でも言う。それなのに。

思えば、毎週顔を出す店でも、三か月間があいてしまう店でも、また来ると言えばその約束を律儀に守ってきた。それが行きつけを持つということだろう。私が行けない間は、他の誰かが約束を果たしてくれている。

飲み直さないと腹の虫がおさまらなくて、ひと駅先にあるバーを目指した。外は二月の乾いた風が吹いている。熱い酒を胃に入れたあとなら、どこまでも歩けそうな気がした。

ひとの流れに逆らい、109を右に折れて東急本店を目指す。ここまで来たら、目指す店はすぐそこ。初めて訪れたとき、こんなところにバーがあるのかと戸惑った場所も、いまでは過たずぴたり、つま先が向かう。急いだせいか、なじんだ店との別れの酒のせいか、息があがる。

とりあえずシャンパンをグラスでもらって人心地つく。さっきまで飲んでいた日本酒は、どっかへ行ってしまった。アルコールは腹を満たさない。そこが楽しくもあり、厄介でもある。

グラスが空になるかならないかの完璧なタイミングで、

「ピノ・ノワールにしましょうか」

頭の中をホームランが飛ぶ。

私が好む順番を、店主はちゃんと知っているのだ。

この店とて頻繁に通っていたのは十四、五年も前の話で、出産やら転職やらを経て再び通い出したのは、ここ最近のこと。

久々に店を訪れたとき、私の口からは「変わらないですね」という言葉がすっと出てきた。

客の目線はより新しいもの、より流行っているものに引きつけられ、慣れていく。東京で一、二を争う激戦区にあるこの店がずっと変わらないように見えるのは、工夫を続けているということなのだろう。

店主のひととなり――好奇心や探究心の鮮度――も大切であるように思う。店主のほうが店に飽きてしまった例というのも、いくつも見てきた。

出版社の新人時代は、グルメ雑誌の編集部で過ごした。

食べログや東京カレンダーが現れるもっと前のこと。入ってみなきゃ分からない時代に、数百の飲食店を訪れた。

「いい店の条件ってなんだと思いますか?」

こういう問いにはいつもこう答える。少なくとも十年は東京でやっていこうという気概を感じられる店だ、と。

そして、もっと大事なのは、そんな店に出合えたら、

「私もあなたと長く付き合いたいです」

と伝えることだ。

ひとに紹介したり、友人を連れて行ったりもする。当然、たくさんの店には行けなくなる。でも、ご褒美が必ずあって、それはひと(客)がひと(店主やスタッフ)を癒やし癒やされるような付き合いに足を踏み入れるということだ。

私たちが飲食店で心地よく過ごしたいのと同じように、そこで働くひとも機嫌よく客を迎え、納得して働きたいと思っている。

お腹を満たすことと、心を満たすことはとても近くにある。格付けサイトを見て店を選んではSNSにアップし、もっと話題の店を、もっと映える店を求める歩き方は、知らぬうちに心を蝕む。夜な夜な泳ぎ回るには、東京は大きすぎるのだ。

自宅でも職場でもない場所に、肩書きの必要ない居場所をもつことの精神的効用は、もっと追求されていい。

東京には優しく、粋で、指先から魔法が出ているとしか思えない手をもった料理人やバーテンダー、サービス担当がいる。

外で食べることに飽きたなんて、東京はまだまだ言わせてはくれない。私が家を愛しつつ、外へ出ていくことをやめないのは、すべて彼らの存在あってこそなのだ。

朝の一篇

足の指

田辺聖子さんの小説のなかに、『お気に入りの孤独』という作品がある。

初版は一九九一年。恵まれた家庭に嫁いだ主人公は、子どもを持たない気ままな結婚生活をしばし謳歌する。しかしその生活が空っぽであることに気がついたとき、欲しいものしか欲しくないと宣言し、その代償として孤独を引き受けて立つ。

三十年近く前に女性たちの姿を鋭くとらえ、柔らかい関西弁にくるんで見せてくれた物語である。

田辺さんが持っていた、女に対する眼差しの優しさ。

本当にひとりぼっちにさせてから、未来へと飛び立つまでのシナリオを用意してやった。ひとってそもそも孤独なもんです——このことを示してくれる作家や物語の存在は、希望であると私は思う。

いざ夫と子どもを持ってからこの物語を読み返すと、孤独というものが自由と分かち難い甘さを持つものだと分かる。

ひとりで生まれひとりで死ぬのが孤独であるなら、どんなひとも等しく孤独である。それでも、文字通りひとりぼっちで過ごすことがとても贅沢に思えるのだ。

「なあに、急ぐことはない、あなたもいずれそのうち」

ひと足早くあっち側へ行った先輩たち——子育てがひと段落ついたり、会社員生活から引退した——が縁側でうちわを扇ぐ。

私はいま欲しいのだ。

日々の生活はといえば、仕事を終えて駅へと急ぎ、子どもを迎えに行って、晩ご飯を食べさせ、お風呂に入れる。気がつけば九時。時間は飛ぶように過ぎる。

子どもたちが寝たら、さあ、これからが夜のはじまり。

あれもしたい、これもしたい。心が小さく弾むひとときのはずだけれど、残念ながらバッテリー切れ。集中力を欠いて、使いものにならない。

喉から手が出るほど、ひとりの時間が欲しい。

そんな夜の数少ない楽しみのひとつは、たっぷりの湯に浸かり足の指を丁寧に洗うこと。

三十代になってから暮らしのなかに見つけた、好きな時間のひとつだ。

顔用のちょっといい石鹼を、ソープバッグと呼ばれる、同じくちょっといいネットを使って泡立てる。

まず足全体に泡をめいっぱいたくさんまとわせて、絞るようにぎゅぎゅっとこする。全体を洗ったら、次は細部へ。爪の先っぽに詰まった靴下の繊維や、指と指の間に挟まったごまをきれいに取り除く。

自分だけが知っている、昼間の小さな横着や余計なひと言など、心の澱も垢と一緒になってはらはらと流れていくような気がする。

普段ないがしろにしがちな部分に丁寧に触れることは、ひとを正直にする。

田畑を耕し、米を作ってきた先祖代々の歴史が刻まれた骨格や、決して白くなめらかとはいえない指に触れていると、自分の芯と向き合わざるをえない。どんなに都会で肩をそびやかしていても、明日をどんな一日にするかは、私次第だと諭される。

足指はときに持ち主よりもきちんと物事の納め方を知っているように思うのだ。

母と同じ足をしている。

その母から、母と姉たちの三人で温泉旅行に行ったときの話を聞かされたことがある。

母が五十歳くらいの頃の話だから、伯母たちは、六十代、七十代だったろうか。

「あんたら、きょうだいね」

見ず知らずのひとにそう話しかけられたという。

湯からモグラ叩きのモグラのように飛び出させてふざけ合っていた足指を、通りがかりの客に見つかって笑われたらしい。

「そんなにそっくりかねえ」

結構ひとりひとり違うと思うんだけどな――とでも言いたげに、母は小さな子みたいに畳に足を投げ出して、不服さえも懐かしがる様子で自分の足を見ている。

そのとなりに、私も足をひょいと投げ出して座る。

扁平で、厚くて、うんと大きな親指と、付け足されたように小さな小指。爪も、肌質も、なにからなにまで、そっくり同じ。

高校生だった私は、誰かに受け継がせることになるとは考えてもいなかった。

子どもの頃のプールサイドは、苦手な場所のひとつだった。水からあがって歩けば、

「けいちゃんの足跡、なんかへん」

誰かが必ず見つけて言う。

足裏の水の跡がまんべんなくくっつく。扁平足というやつだ。

ハイヒール――女性の甲の美しさを際立たせるための発明品――も似合わないし、夏場のサンダルも敬遠する。秋のはじめに誰よりも早くブーツに履き替えるのは、私がファッション誌の編集者だったからではなく、隠してくれる救世主を待っていたからだ。

コンプレックスをより強くしたのは、第五十八代横綱故・千代の富士の存在だった。

あるテレビ番組で、スカウトマンがものになりそうな力士を見分ける方法が紹介されていた。

足の裏が土俵にわずかしかつかないこと。これが大切らしいのだ。

千代の富士は足の裏が地面につく面積がきわめて小さく、どんなスポーツに進

んでも天下を取っただろうと紹介されていた。スカウトマンはそんな足の持ち主を探して、日本全国津々浦々、ひいてはモンゴルや中国へも行くのだという。

この話を興奮して私に伝えてきたのは、扁平足ではない友人だった。思春期まっただなかの難しい年齢同士、私がくやしがるところを見たかったのだろう。

大相撲のテレビ中継に、私は夢中でかぶりついた。

横綱にしては小柄な体と精悍な顔立ちに、ウルフフィーバーが日本中に沸き起こるなか、私が見たかったのは彼の足の裏だった。

どんなふうに土俵に力強く吸い付き、体が躍動するのか、なんとか目で追おうとした。もし見ることができたなら――立体的に把握することができたなら――少しでも近づけると思ったのかもしれない。

しかし、横綱の動きは敏捷すぎて、ついぞとらえることはできなかった。

大相撲のスカウトマンが自分のもとを決して訪れてはくれないことを、十代の女の子が気に病む必要などまったくない。スカウトマンではなく、ガラスの靴の持ち主を探す御一行様がやってきても、幅広の頑丈な足がきっとガラスの靴をひび割れさせただろう。

横綱にもシンデレラにもなれなかったが、一応地に足をつけて生きてはいるらしい。

しばらく忘れていたコンプレックスを、一枚の写真が思い出させた。

二冊目の料理本を出すにあたり、自宅で調理風景の撮影をした。後日、組まれたデザインを見て、こめかみが熱くなるのを感じた。

まさか、撮られていたとは。

私の裸足の写真が、大きく使われていたのだ。

スタッフの名誉のために言う。私が編集者でもこの写真を選びたくなるであろう、いい一枚だった。草履型のデザインをしたルームシューズを履いて、堂々と料理をしている台所の主。一本筋の通った、たくましい女性像が浮かんでくる。

だからこそ迷った。一生に何冊出せるか分からない本のなかに、一番のコンプレックスをあえて大写しで載せることに、踏ん切りがつかなかった。

結局、編集者にお願いして写真は別のものに差し替えてもらった。

髪と上半身は撮影にそなえて整え、足元は実を取って働きやすさ第一にしていたのだ。上はよそゆき、下は裏方。写らないだろうとタカをくくって、あべこべなのがなんとも私らしい。

あの写真のまま進めていたら、撮影用の取り澄ました顔写真よりファンも増えたかもしれない。コンプレックスに打ち克ってひと皮もふた皮もむける、なにかしらの突破口になっていただろうか。

編集の仕事をしていたから、一枚の写真がどう世界観を示して人物像を作り上げていくのか、知っているつもりだった。だからこそ、私はその写真を選べなかった。編集者としての職業の眼ではなく、女としての心の眼が、自分に優しくすることを拒んだのだった。

足指のことなんて忘れて生きているときにかぎって、向こうから思い出してくれよと現れてくる。

足指を丁寧に洗ってやった夜は、寝付きもよく、深く眠って、まだ夜の名残が感じられるくらい早い時間に起きる。

読みかけの本を開いたり、原稿を手直ししたりするうちに、二番目に早起きの下の子が階段をおりてくる。

母親がいつもなにか書いたり読んだりしているから、息子も紙になにやらくねくねした線やら記号めいたものを書いて、文章にしているつもりなのだろう、知ってる言葉をつなぎ合わせて、読み上げて遊んでいる。

そのまつ毛を、尖らせた唇を、視線でなぞっていく。

信じられないくらい美しい、冬の朝。

私の足は、分厚いソックスで二重にくるまれている。息子はフローリングの床で素足をむきだしにしても、ちっとも寒くないらしい。思わず、その足をぎゅっとつかんでみる。違うのは体温だけ。爪も指も、私のミニチュアだ。

「そっくり、そっくり」

何度も言う。お父さんのほうじゃなくて、お母さんとおんなじになっちゃった。ごめんね——続けてこう言いたくなるところを、引っ込める。

母は私に決して謝らなかった。

しゃあない。あんたの母ちゃんは、千代の富士じゃない。

足をぺちぺち叩いてもてあそぶ私の手を、ふと、一瞬振り払うような目をする。

「なんてね」

ひょうきんに、にやっと笑って、左の頬にえくぼを寄せる。そんな複雑な表情を、この子はもう身につけている。

目も心も離さずに、子どもたちを育てていく力が、私にちゃんとあるだろうか。

たとえ親であっても、体に触れられたくないときには断らなくてはいけないことを、いずれ教えなければならない。

私の体を分けてはやったけれど、これがあなたの体であることを。あなたの存在そのものであることを。

子どもを通して初めて、私はこの体を受け入れていくのかもしれない。

長い月日のなかで体に対する思いがどう変化していくのか、待ち遠しくもある。

たとえそれが諦めや無関心という形であったとしても。

やあの親と子

夜の一篇

女の指先

出産以外で入院したことがない体である。

ふたりめを産んだあと、病院では思い切って個室を頼んだ。贅沢だろうかと思ったけれど、しばらくは旅行どころか三時間続けて眠ることさえできなくなるのだ。このくらいは使ってもいいということにした。

自宅からバスで四駅、働きながら検診に通いやすいところをという一点で選んだその病院が、家族以外の面会を認めていないことも、私にとっては好都合だった。赤ちゃんと自分だけに没頭すると決めていたから、賑やかな面会の申し出を断るまっとうな理由になった。

しかし、個室予約に絶対はなかった。医学的な必要性がないかぎり、帝王切開は行われていなかったから、すべては運次第。あなたの番になったときに空きがあればどうぞお入りください、というわけだ。結局、出産した夜は四人部屋で過ごし、翌日の夕方から個室に移ることができた。

二重にセキュリティがかかった産婦人科フロアでは、入って右手にリラックスルームと呼ばれる共用スペースがあり、プリペイドカード式のテレビと合皮張りの長ソファ、それから、育児系フリーペーパーが積み上げられていた。

この部屋の主は、妊娠高血圧症候群で強制的に入院させられているという女性で、通りかかるといつもソファに涅槃像になって甘いものを食べていた。

夕方になるとやってくる旦那さんも、彼女と同じ丸いシルエットをしていて、お笑い番組を見てゲラゲラ笑っている仲のよさそうな夫婦だった。彼らがプリペイドカードで潤沢にテレビを点けてくれるので、私もときどき赤ちゃんを連れて気晴らしに吸い寄せられ、菓子を分けてもらったりした。

リラックスルームの先に進むと、スタッフのワークステーションがあった。コの字型のカウンターの中が、スタッフが働くスペースで、立ったままパソコンが操作できるように作ってあった。電子カルテやひっきりなしに鳴る内線電話をさばき、臨戦態勢という言葉がぴったりの様子で、誰ひとりとして椅子に深く腰かけてはいなかった。

産婦人科には男性もいたが、二十四時間ずっと細々とした面倒——検温や採血をしたり、子宮の戻り具合や出血の様子を調べたり——をみてくれるのは、ここを職場とする女性たちだった。

私はワークステーションの向かいにある個室で、赤ん坊との共同生活をはじめたのだった。


おむつは新生児だけのものではない。母親も前開きのガウンを着て、その下には粘着テープで留める紙パンツを身につける。

「すずきさん、失礼しますね」

テープを手際よく外され、私は腰から下を軽く浮かせて、会陰の縫い痕をチェックされ、テープを元のように留められた。朝食の配膳の前にも、睡魔に襲われる午後にも、こんなことが幾度となく繰り返されるのだった。

日常から切り離された、特別な時間。

女であることを一番思い知るそのときに、見ず知らずの多くの女性たちと過ごす集団生活はとても不思議で、個室にいるという余裕も手伝ってか、私は働く女性たちの気配に引きつけられた。

なによりも面白かったのは、ひとがもって生まれてきた質としか呼びようのないものを、肌で感じられることだった。

産んだばかりの興奮がまだ芯に残っているからなのか、ときに神経が逆なでされる出来事も多かった。

たとえば、なにも言わず突然部屋の電気をつけるひとがある。ノックもせずにドアを開けるひとがある。

深く眠っているときなんかはとくに、それらの働く指の冷たさに身が震えた。どうしてひと声かけてくれないのか——不満が喉元までせり上がってくるけれど、面倒なひとだと思われたくなくて、ぐうと飲み込む。

いっぽうで、明るくなりますよと小さく声をかけてから電気をつけるひとがある。ノックをしてから、そっと開けるひとがある。名前を呼ばれるだけでも、こっちの気持ちはずいぶん違う。

これはさすがという気遣いをみせてくれるひともいた。

むくんだ足をさすってくれていたと思うと、ちょっと待っていてくださいと部屋を出ていく。湯を張ったバケツを持って戻ってきて、下半身が冷えているから足湯をしましょうと言う。足を湯に浸けている間は肩までもんでくれる。吸盤がついているみたいに肌にぴとりと寄り添う、なんとも気持ちのいい指をしている。

「マッサージ、すごく上手ですね」

礼を言うと、これしか取り柄がありませんからと答える。

自分の指がもつ才能を見つけられた、幸運なひとだと私には思えた。親切にすることが好きでたまらないらしく、いつも体全体が好奇心で弾んでいるようなひとだった。


私はいつの間にか、さまざまな女たちの、でこぼこな仕事ぶりを見比べるようになった。

期間限定の囚われの身として、ベッドから見つけた視点のなかから、使えそうなものを自分の中に取り込もうとしていた。

いちど素晴らしいサービスを受けたからといって、全員に要求する気はないけれど、少し体調が優れない夜なんかはどうしても、○○さんが当直だといいなと期待してしまったりする。

しかし、少し乱雑なところがあるなと体を硬くしていたひとと、深夜にふと言葉を交わせば、冷たく聞こえる言葉遣いがじつは北の訛りで、三週間前に東京に出てきたばかりだと知ったりもする。

まだぼんやりして、遠慮がちに触ってくる指をしていた。私のところへ来るたびに、先輩に叱られた話や、本当は血を見るのが怖いという話を、置き土産にぽつりぽつりと残していったりするのだった。

ワークステーションの脇には、授乳室の札のかかった暖かい小部屋があった。赤ん坊というのは、伝染し合う。

ひとりが細く夜泣きの声をあげると、あっちもほにゃあ、こっちもほにゃあ、ほにゃあが集まってやがて大きなうねりとなり、母親たちはきまって同じような時間に重い腰をさすって起き出し、授乳室に集まってきた。

なにひとつ思い通りにならない乳房を持て余し、せーので赤ん坊の唇めがけてねじこもうとする。もう上手に吸える子と、まだ全然だめな子があり、すでに盛大に自己主張をはじめて母親を支配していた。

ゴム張りのシューズがリノリウムの床を鳴らす音だけで、誰が近づいてくるか聞き分けられるようになった頃、私の思いは未来へ飛んでいた。

いまは休む時期と知りつつも、私も優しさや得意なことを出し惜しみしないで気働きできるひとでありたいと思った。それは、赤ちゃんがまず一か月は無事に育ち、私の体力も戻って、立って家事ができるようになる、もっと、もっと先のことなのだけれど、だからこそ、社会に戻って働く日々がまぶしく、待ち遠しかった。

一週間の入院生活のなかで、いろんな女のいろんな温度の指を知った。細くて冷たい指、肉厚であたたかい指、堅くてうんと熱い指。たくさんの女たちの指先で、子を産んだ体を点検された。

検品結果問題なしのハンコを押された私は、次の母子に部屋を明け渡し、産着をきた赤ん坊を抱え、お世話になりましたと頭を下げて外へ送り出された。

久しぶりのアスファルトを、すっかりなまった足裏で一歩踏み出せば、米のストックはあっただろうか、次のゴミの日はいつだろうか——次から次へ、日常が恐ろしいたくましさで私を占めていった。

腕には生まれたばかりの赤ん坊の、みっしり詰まった果実のような命。

いつか落としやしまいかと怖かった。その恐れは、跳ねるような喜びとつねに一体で、私の胸を強くにぎりしめ続けた。

いまでも病院の前を通ると、自転車をこぐ足をゆるめて時間外通用口をじっと見る。さまざまな匂いや温度がよみがえり、こぼれないように目を細める。

最初の陣痛は二十三時だったこと。

一歳半だった長女を夫に託し、真夜中にタクシーを呼んだこと。

タクシーを待つ間に、夫が塩むすびを作ってくれたこと。

いざ出陣となれば、私のほうが堂々たる指揮官となって、入院中のさまざまな注意事項を指示したこと。

陣痛の妊婦を乗せるのは初めてだとおろおろする運転手が、

「荷物をお持ちしましょうか――」

聞き終わる前に、荷物を抱えてうめきながら通用口へ這っていったこと。

あのとき、ひとことでも発してしまったら、出てきそうだった。

クリーム色の外壁に囲まれた建物の奥で、今日も赤ん坊が生まれ、多くの母親が満たんの乳を世界に差し出して過ごしている。女たちの親密な時間が確かに流れていたことを、幻のように思い出す。

朝の一篇

父の娘

二十八歳のとき、父が死んだ。

私は年末年始の休暇をベトナムの田舎町で過ごしていて、おびただしい留守番電話に気がついたのは、成田空港の手荷物受け取りレーンの前だった。

お父さんが死んだ。

お通夜が終わった。

お葬式が終わった。

四十九日には帰っておいで。

けいも体に気をつけて。

スマホのなかった時代だ。音声メッセージはこの順番で録音され、悲壮な感じもこの順に減っていった。

父が息を引き取ったと思われる時間に、ホイアンのホテル――開業したばかりの――のドアがいきなりカタカタと鳴ったことが、妙にはっきりと思い出された。

父親が死んだからといって、娘が泣くとはかぎらない。

なんせ記憶にないほど長い間会っていなかったのだ。どのくらい老けたのか、歯や髪はちゃんと残っているのか、なにひとつ思い描いてみることができなかった。

ただひとつ、幸せになった姿を見せてやりたいと思っていたのに、叶わなかった。

正月に寺で座禅を組み、御不浄に立ったきり帰らぬひととなった。

「お母さんに介護の迷惑かけないで、ぽっくり死んだんだから、最後の家族孝行だよ」

姉と一緒になって、自分を納得させた。

遺品整理のために、父の部屋を訪れたときのことだ。

母が何十年ものあいだ送り続けていた離婚届が、几帳面に折りたたんで保管されているのを見つけた。

紙はどれも張りがあって白く、役所の紙はやっぱり質が違うんだなと見直した。その一角だけは、父の気持ちがまだ残って息をしているようだった。

はなっからいない者として生きてきた。それでも、父親のあるひとがうらやましい。

父親に結婚を反対されている友人には、差しつかえなければ反対の理由を教えてほしいとたのんだ。我が身にも応用できる教訓が得られるのではと思ったのだ。

「仕事に関する相談はママじゃだめ、やっぱりパパだよ」

経営者の父親をもつ友人から、週末ふたりでお酒を飲んだと聞けば、うそ偽りなく親身になってくれるメンターがそばにいることはさぞ心強いだろうと、染み入るように感じた。

なかでも焦がれるような憧憬を抱くのは、向田邦子と須賀敦子だ。

ともに敬愛する作家。ふたりの共通点は、一九二九年生まれであり、これまで残した多くの作品に父親の姿を書いたこと。そして、ともに長女。父から長男のように情熱と厳しさを注がれたことが、ふたりの礎になっている。

戦争を経て、封建的な父の時代の鎖を断ち切り、これからの新しい時代を生きたいというがんじがらめの葛藤が、書く力となった。父親のことを書かなければ自らの足場を説明できないくらい、知的な成熟における影響は計り知れないものだった。何度も登場させてさまざまな角度から描きたくなるほど、魅力的な題材でもあったのだろう。

さあ、お前たちはどう生きる。

明治生まれの父親から受け取ったバトンとその決意を、ときに郷愁にのせ、ときに父を突き放しながら、ふたりは書きに書いた。

向田邦子は三十になるまで親と暮らした。

ひとつしかない電話口で、脚本の修正のあれこれを侃々諤々《かんかんがくがく》とやっていると、当然、茶の間にはふさわしくない単語も出てくる。電話を聞かされている父・敏雄の、苦虫を嚙みつぶしたような姿を、彼女は随筆のなかに登場させている。

もっとも有名な随筆のひとつ、『父の詫び状』には、真冬の凍えるなか、客の粗相を丁寧にほじくりだして掃除する自身の姿を描いている。それを見ていた父が後日、

「此の度は格別のお働き」

と手紙に書いてよこす。

事情を知らないひとが見たら、お礼と読んだほうがふさわしい一文。それを詫びと表現した筆に、父と娘の時間が凝縮されている。

この父の泣く姿を書いたのが、『字のない葉書』だ。終戦を迎える時代の空気を、一家の長女としての視点で切り取り、身動きの取れない切実さに、あまりにありふれた日常の息づかいが重なり、胸を打つ。

いっぽう、芦屋の裕福な家庭に生まれた須賀敦子に、ヨーロッパで学ぶように薦めたのは、父の豊治郎だった。当時としては進んだ考えの持ち主だったらしい。森鷗外の名訳で知られる『即興詩人』（アンデルセン）をイタリアへ送り、

「ここに出てくる場所にはみんな行ってください」

という手紙を添えた。

豊治郎自身も、世界一周旅行をしてさまざまな国をその目で見た。文学好きで勝ち気なところのある長女に、自分と同じように、大きく、広い世界に飛び出していってほしい、そのためには文学の力は大いに翼になるという思いがあった。

「父にとっての鷗外は、国語であり、ときには人生観そのものでした」

鷗外は重圧でしかなかったと語る彼女のなかにこそ、鷗外らしさ——西洋の骨

格に日本人の血肉を通わせようとした――が育っていたことに、須賀敦子自身は気がついていただろうか。

その父にも愛人がいた。娘はそのことまできっちり書いた。

ふたりが生きていれば、九十一歳。

向田邦子が脚本だけでなく随筆にも活躍の場を広げ、やがて小説を書き、直木賞を受賞したのは五十代になってから。そのすぐあとに、飛行機事故で亡くなった。生きていたら、人生の黄昏をどんな言葉で打ち明けてくれただろうか。

かたや須賀敦子は、五十代以降は翻訳家として注目され、アントニオ・タブッキやナタリア・ギンズブルグなど、すぐれたイタリア文学を日本に紹介した。随筆家として頭角を現すのはは六十代になってからのこと。初めての随筆『ミラノ　霧の風景』は、出版されるやいなや賞賛をもって迎えられた。

書くことが待たれていたひと。しかし、経験が自分だけの言葉へと熟成されるまでは、決して筆を執らなかった。

ともに、父が育んだ、勇敢な言葉をもった娘たちだ。

父親からなにかを受け継ぐというのは、どんな感じなのだろう。

考えたって分からないから、自前でなんとかするしかない、そう思ってやってきた。思えば気楽なことだ。もし失敗しても、自分だけを小突けばいい。お父さんのせいで——なんて複雑な場所へ入り込まなくて済む。

私を形作ったものは、母だ。

母親の与えてくれたものは、ただただ、生活していくための逞《たくま》しさだった。母が漕ぐのは、沈まずに前進するための切実な一艘の小舟であり、いつかその船を出ることが私の夢となった。

その母が、私が就職する際と結婚する際に、同じアドバイスをしてきた。

「言いたいことの、半分だけ言いなさい」

めったに私に指図しないひとだから、改めて面と向かって告げられる言葉の力は大きかった。

十も歳が離れた長女を筆頭に、四人の姉に囲まれて育った私は、話すのも書くのも、言葉に関することならなんでもうんと早くて、母を驚かせた。

とくに口喧嘩では負けてなかった。体格も知力もうんと上の女たちの間でやっていくには、言葉に頼るしかなかったのだ。

そんな私を見かねてのアドバイスが、先の言葉だった。

上司や先輩に生意気を言わないこと。

どんな場面でも、相手に逃げ道を用意しておいてあげること。

旦那さんには、特に。

でも、我慢してばかりではストレスが溜まるし――ここからが母親らしいのだが――あなたがあなたでいられなくなるから、半分だけなら言ってもよいこと。

言葉は腹五分。言い足りないくらいでちょうどいい。母の言葉はいまでも胸のなかに大切にある。


子どもが生まれてからは、もうひとつ加わった。

母が泊まりがけで面倒を見にきてくれたとき、

「子どもを育てていくうえで、ひとつだけアドバイスが欲しい」

と聞いてみたことがあった。

たくさんあると覚えきれないし、こういうのは実践してこそ。

「親にされて嫌だったことを、子どもにはしないこと」

けいいならそれだけで、きっといいお母さんになれるとも言った。少し自信がなさそうに答える姿が胸をついた。

嫌だったことは、ひとつしかない。

母親が仕事で家にいなかったこと。

それだって、父親不在なのだから、母親が男並みに働くしかなかったのだ。

それでも私はかなり混乱した。母の言いつけを守るなら、これから自分がしようとしていること——仕事を大いに頑張っていくということ——とどう折り合いをつけたらいいのだろう。いまここでそれを言うか。クラウチングスタートの姿勢で位置についたものの、そのままずっこけた。そんな具合だった。

私のなかに、矛盾するいくつもの小さな芽が生えている。

子どもが学校から帰ってきたとき、甘い焼き菓子の香りで迎えてやりたい。

食卓には花を飾り、できたてのおかずをたくさん並べたい。

家の中でも髪をきれいに整えて、薄化粧をして過ごしていたい。

いつどこで植え付けられたかも分からない理想の母親像が、ふと顔を出すことがある。新しい時代の女性だものと、大手を振って歩いても、完全に迎合しきれない曖昧さが私のなかにあって、三歩進んだと思ったら、一歩さがっている。

それでいい。やじろべえみたいに揺れていたら、そのうち心地よい所を見つけて収まるのだろう。折れてしまわなければ、どこへでも行ける。

夫に出会ったのは三十二歳のときだ。

当時は恋人でも男友達とでも、何軒もはしごするのが常だったけれど、夫はコーヒー一杯で何時間でも話していられるひとだった。

あっという間に結婚を決めてからは、ああ、これで恋愛だのなんだのに振り回されなくていいんだと、肩の力が抜けた。

ひとりのときは好きな本を読みふけったり、思う存分絵を観に行ったり、そうしたことに集中する心の余裕が生まれる。引っ越しの準備をしながら、満ち足りた気持ちになった。

確かに、私の見立ては間違っていなかった。

夫とは子どもを授かってからも、ふたりでなんでも協力して、話し合って、やってきた。

夫は私と同じくらい率先して家のことをするので、私は好きな仕事を諦めずに来られたし、もともと多くはない友人付き合いだってずっと大切にできた。男性の家事負担が女性と同等になれば、女性は多くを失わずに済むのだ。

ふたりでたくさんのことを決めてきた。

たとえば、ひとりめの子どもを生んだときには、まず一年は私が、バトンタッチして二か月は夫が育休を取り、私は職場復帰した。

「今日はどんな一日だった？」

こう聞いて返ってくる答えが楽しみだった。

子どもが寝た隙に、丁寧に淹れたコーヒーをテラスで飲んだこと。

一緒にスーパーに行ったら、いろんなひとに話しかけられて大変だったこと。


父の娘にはなれなかったけれど、父となった夫と暮らしている。

私にはこれといった父親像がないから、夫にもこうあるべきという要求はない。夫から子どもへと垂直に燦々と注がれる愛情を、私はとなりで見ている。夫になったひとが、父になっていく。その姿のおもしろさ。

朝は必ず、夜は週に五日は子どもたちと一緒に食卓を囲む。これもふたりで決めたこと。

そのために、夫も私も四十を過ぎてから転職をした。

欲しい暮らしが明確にあるなら、まず変えられるものから着手することも、ふたりいれば不可能ではない。

女はいろんな足かせや差別のなかで生きてきた。でも男だって、自由に生きてものを言うことは難しかった時代が、ある。いまだって。

離婚届を破り捨てることも、ハンコを押すこともできず、進むことも退くこともしない曖昧を生きた父を思う。

弱さやずるさ。それらと表裏一体に絡み合っていた気位の高さと不器用さ。父から受け継いだものが、私のなかにも確かにあったのだと、この年齢になってようやく気づく。ならば私は、どう生きたいか。

あの時代はこうだった——これはあとになってみないと分からないこと。

向田邦子や須賀敦子が生きた時代とも、彼女たちの親の時代とも、そして私の親の時代とも違う生き方が、まさに私たちひとりひとりの足元から、いまいるこの部屋から、はじまっている。生き方がいつか作られるのではない。私たちはすでに、当事者を生きている。

ここのつの未来

今晩会おうよ

夜の一篇

いつも急に連絡をしてくるひとだと思われている。

恵比寿で夜七時に仕事が終われば、七時一分に友達にＬＩＮＥをする。

〈突然でごめんだけど〉

〈忙しかったらごめんね〉

回りくどいのはなし。相手の事情などおかまいなしに、突然スマホを揺らす。

〈ごはん食べようよ。いま恵比寿〉

送るのはせいぜい二十文字。

幸運にも合流できるとなったら、相手がこっちに向かっている間に食べたいものや行きたい店を二、三往復やりとりして、店を決めて待つ。

先約があると断られてもがっかりはしない。そんなときは、何軒かある行きつけのなかから、ひとりで行っても楽しい店へ電話を入れてから向かう。五分前でもいい、一報を入れておいたほうがお店のひともきっと助かる。理由はないけれど、そう思って習慣にしている。

あのひとと話したいなあと思って連絡をすると、たいてい向こうもあいていることが多くて、打率は悪くない。これはこれで、ひと付き合いにおける野性の勘を錆びつかせないための訓練になっているのではないだろうかと思ったりもする。

突然の待ち合わせは、まず乾杯が楽しい。

「飲もう飲もう、ボトルにしちゃおう」

明日の朝は互いに早くないか確認したら、おしぼりで手を拭きながらお尻が弾む。空白の一区画にカチリと合ったふたりの時間も、一緒になって弾む。

ひと口めを流し終えるのも待てない。会わない間に互いの身に起きた、なんてことない話を披露しあう。

オクトーバーフェストで偶然会った昔の恋人。

女だからと、先回りして忖度される居心地の悪さ。

そして、それをありがたがらなければならない場の圧。

フェアであろうと誓ったのに、男みたいに肩書にものを言わせた日の苦い気持ち。

後輩の決断を、応援してあげられなかったこと。

人生の関所で起こったことを、私たちはカウンターに広げて吟味する。これから通過するひとには、すでに通ったひとが知恵を授け、傷ついたひとには、

「相手もどうかと思うよ、あなただけが悪いわけじゃない」

と背中をさする。

相手のために選んだ言葉のはずが、自分の小さな肩をさすっている。

〈今日みたいな突然の呼び出しは大歓迎、また飲もうね〉

帰りの地下鉄でこうくる。

この言葉にすっかり甘え、当日のひとを改めないでいる。

耳のうしろがむずむずするように苦手な誘いもある。

〈次は三か月後あたり、いつにしましょうか?〉

何人かで楽しく飲んだあと、解散して地下鉄に揺られた途端に、幹事からグループＬＩＮＥがくる。

〈みなさんお忙しいから、早めに日程と店をおさえましょう〉

待ってください。

せめて、今日の余韻を味わう時間をくれませんか。気持ちが熟して、会いたい気持ちが満たんになるまで、誰にも促されたくない。

うっかり既読にしてしまい、翌朝までもうスマホは開かないことにする。こういうときは、歯を磨いて、ビタミンCを飲んで寝てしまう。

翌朝スマホを開けば、私以外のメンバーでつつがなく話がまとまり、候補日が絞られている。

〈けいさん、いかがですか?〉

深夜一時、名指しでパスされたところでグループトークはいったん終了。

〈おはようございます。出遅れました〉

ここまで打って、指が止まる。

ずっと先の夜、いつだって私には予定などない。

未来の約束をしてくれるひとだと思われたら、その信頼を裏切れなくなる。好きなように生きることができなくなってしまう。

会いたくてたまらなくなったとき、私は都会の片隅から、大好きなひとへ文字を送りたい。突然の気まぐれを、悪びれもせず。

〈いま六本木にいる。ビール飲もうよ〉

〈二十一時なら合流できる〉

〈いまどのへん？〉

〈日比谷〉

〈帰り道だ。じゃ私がそっち行く〉

〈了解。なら二十時半集合で〉

思いつき次第でどこへだって。この街の小さな夜を、私は愛している。

四角いおいしさ

朝の一篇

腹七分で箸を置くようになったのは、夜に飲む酒のおいしさを知ってからだ。子どもたちが寝たあと、忍び足で冷蔵庫をあける。三段目の左下、ラップで二重にくるまれた黒い塊。鎮座しますは長原の商店街のどんつき、ｗａｇａｓｈｉ ａｓｏｂｉの羊羹。

夜中に取り出すのは、ごはんの支度には関係のない罪深いものと決まっている。祈るようにドアを閉める音に、どういうわけだか子どもたちが気がついて、

「おかあさんばっかり」

布団を蹴って起き出してくるのではないかという落ち着かない気持ちが、子どもをもってからずっとある。全身が耳になり、すべての細胞が寝室の方を向く。待ってばかりいる。

十七時前に届くはずだったメールを。佐川が来るのを。食洗機の終了音が鳴るのを。子どもたちが眠り、深い夜が訪れるのを。

ずっしり重い棹に包丁を差し入れる。にぶく、みしみしと羊羹の肌理を割く。厚さは二センチ。冷たさが続くように、磁器の豆皿を一枚選び出してのせる。羊羹は、黒糖とラム酒で炊き上げた香り高い小豆に、ドライフルーツの苺や無花果、胡桃がぎっしり埋め込まれていて、初めて味わったときからの大の気に入りだ。

口に含めば果実の棘がじゃりじゃりと舌の表面をなでる。作りたては硬く締まっていた餡が、日が経つに連れてしっとり粘度を帯び、こなれていく。ひと棹二千円以上するけれど、何夜も楽しめるのだから、かえってお得だとさえ思う。

予報通り雨が降り出した。

安全な場所から雨を聴くこんな夜は、シャルドネかウイスキーで迷い、結局、純米酒を取り出す。人肌に温めたほうが、羊羹の冷たさが引き立つ。そう思い直して、鍋に水を張る。

誰に後ろめたいことなどないのに、一合をためらって半合にする。

夫がいれば一合にできた。まだ帰らぬことが、いたわしく、にくらしい。

切り出して食べるといえばもうひとつ、パルミジャーノ・レッジャーノも冷蔵庫に欠かさない。

レンガみたいに大きなやつを買ってきて、ことあるごとに食べる。たとえばあと二時間で布団に入るというとき。なにを食べたら響かないか、酒飲みが行き着いた答えがこのチーズだった。匂いが立ちすぎず、そっけないくらい乾いたのがいい。

大きいだけに値も張るけれど、ひと口の単価はそれほどでもない。酒のアテはもちろん、子どものおやつにもなるし、すりおろして野菜やパスタにかければ風味豊かな調味料としても重宝する。

ひと口ぶん砕いて前歯で甘噛みし、両手があいた隙にワイングラスを取り出して、シャルドネを注ぐ。パルミジャーノを左手に持ち替えたら、シンクに寄りかかって、立ったままつぅと口に含む。

ダイニングチェアまでは四歩、さらに四歩ゆけば畳がある。しかしその数歩がもどかしい。

かじるという行為には、考えごとが似合う。

箸もフォークも持たず、欠片を削り出して歯を立てている寄る辺なさが、短い夜の止まり木にちょうどいいのだ。

四つの角が、ほろり、ほろりと崩れ、舌の上にはいびつな凹凸がのってくる。そのざらつきを、玉のような酒が洗い流し、もうひと口、もう一杯、手が伸びる。


　白玉の歯にしみとほる秋の夜の酒はしづかに飲むべかりけり

牧水が詠んだ白玉をめぐっては諸説あるが、私は美しい酒であったと思う。


この夜の習慣が、ぱったりなくなってしまったことがある。一か月間、羊羹とパルミジャーノが冷蔵庫から消えた。

その一か月、私は次の会社で働くまでの猶予期間として、自宅でできるフリーランスの仕事を受けていた。

予想外にいくつかの原稿依頼がぽつぽつと舞い込み、腰かけと思った束の間の椅子も懐も、案外あたたかい。

組織の誰の顔色もうかがわず、健康管理と納品物の質だけに責任を持てばいいのだから、もう少しのびのび振る舞えるはずが、どこか手応えを欠く。

「締め切りに間に合えばいい」

この大義名分のもと、頭のてっぺんからつま先まで、だらしなくなる。炒め物をフライパンから菜箸のままつまんだり、パジャマの上に夫のパーカを羽織ったりする。

忘れっぽい頭がいつも以上にぼんやりして、夜は子どもみたいにすぐ眠くなる。

健康のためには休肝日を作って早寝早起きを——そう言い聞かせてみたけれど、緩急なく過ぎてゆく時間が、全身を薄い皮膜で包んでしまった。

会議も業務報告も必要なくなった私の時間は、一気に緊張感を失った。

接着芯を縫い付け忘れたドレスを着ているような日々。

一見ちゃんとした服だが、風が吹けばひだが流れる。かといって、視界に入ってくる小さな家事を無視することもできず、パソコンを打つ手を止め、裾を引きずりながらはじめてしまう。

私が芯を抜かれてしまったのは、決める機会を失ったからだ。

小さな決断の連続と、時間を指揮して前に運んでいる手ごたえこそが、自分を支えていたのだと、フルタイムの会社員を降りて初めて知った。

師走のある日、頼まれていた原稿を書きあげた私は、昼食もまだだったことに気がついた。ひとりだと、こんなものだ。

夕食の支度まで二時間。少しだけ口が寂しい。

温かいものをこしらえる態勢には入れないし、外に食べに出る気も起きない。なにかあったろうか——冷蔵庫の棚を順繰りにのぞきこみ、木綿豆腐を取り出す。水切りもせず小鉢に盛って、塩をひとつまみ、ぴしりと振りかける。

アイスクリームのスプーンですくえば、ただ単調で滑らかと思っていた肌のうちにも、ざらざらとした豆の粒子や、舌を押し返す身の厚みがある。

胃をなだめたところで、原稿一本に費やした時間が思い出され、砂袋のような疲れが肩にずっしりくる。会社勤めをしていた頃だったら、もっと短時間で集中して書きあげられていただろう。

キッチンを見渡す。

ほんの数時間前には、賑やかに火がおこり、水が沸き、刃物が弾んでいた場所が、赤の他人のような顔——おかしな表現だが——をして眠っている。

シンクもガス台も、いたる所がうっすらとくすんでいる。

冷蔵庫を最後に掃除したのはいつだったたか。

夜の灯りの下では見えなかった——見ようとしていなかった——ざらつきが、

目の前に広がっている。どこか生きていない、間延びした姿。

そこにあったのは、私そのものだった。


ひとりで台所に立っていると、壮大なままごとをしているような気がする。

ままごとではないと分かるのは、料理があるからだ。

ちゃんと料理を作ることで、もっともらしく生きてきた。火や水や、農作物が、浮ついた私を暮らしにつなぎとめてきた。

台所には魔物が住んでいて、鍛錬すれば魔法使いにもなれるし、飼いならせなければ人生の明暗を分けると言っても大げさではない。本当にそう思う。

一日の疲れを労うはずの台所が、夫婦の睨み合いの場所になることがある。湯気越しに何度夫と視線だけで殺し合いをしてきただろう。今度こそ本当に死者が出るかもしれないと思ったことも、一度や二度ではない。

火がある。刃物がある。こちらが逃げ道をふさげば、あちらはするりとかわす。どこ行くんだと首根っこをつかまえようとすると、

「このきんぴらうまいねえ、おかあさんは天才だ」

風呂上がりの清潔な指で、二本目のプルタブを起こしていやがる。

不発弾を抱えたまま、私は悶々とグラスを洗い、布巾を絞る。そのうち台所はきれいに片付き、拭きあげられ、こんな小さな達成感だけで私は嬉しくなってぐっすり眠り、翌朝は鼻歌で味噌を溶いているのだから、つくづく根が単純にできている。

台所を支配しているもうひとつのものといえば、冷蔵庫だ。

食材の死を遅らせるための膨大な時間が、冷蔵庫に留まっている。

「いい野菜は死なない」

こう教えてくれたのは、ある料理研究家だ。

野菜の卸しも営むそのひとは、たくさんの有名レストランに野菜だけでなく、最良の扱い方も一緒に授ける。

いい土壌といい水で育った野菜は、時が経てば小さくなって、いずれ枯れていくという。腐るのではなく、朽ちていくのだと。

やがて種だけになったそれは、また新たな命を生む力を失ってはいない。

「野菜は女性とおんなじなんです。うんと大切にしてください」

そう教えてくれた。

暮らしを運んで行くたくましい原料貯蔵庫が、いつだってキッチンにどっしりと根をおろしている。

自分をきれいにするみたいに、冷蔵庫をまずきれいにして、新鮮なものを過不足なく並べよう。こうして少しずつ、自分を立て直してゆこう。

時計を見る。

急げば間に合う。口紅を塗り、眉を整える。

新鮮な野菜と、羊羹とパルミジャーノを買いにゆこう。

急げ急げ、晩ごはんの時間はあっという間にやってくる。

止まっていた時間が、再び動き出す。目的をもった時間が、私を前に運んでいく。

牧水にはこんな歌もある。
　足音を忍ばせて行けば台所にわが酒の壜は立ちて待ちをる
台所には人生の喜びがある。
待っていてくれるのは相当の美酒——こう言いたいところだけれど、私を待ち構えるのは、そびえ立つ冷蔵庫と、扉をあけて魔法のように生み出されるごはんを楽しみにしている、小さな子どもたちなのだ。

とおの女たち

夜の一篇

誰かの人生

昨年の夏、小豆島に旅をした。

飛行機で羽田から高松に入り、空港でレンタカーを借りた。その車をフェリーに積み、家族四人で小豆島へ渡った。

たった数日間の旅が終わる頃になって、東京に戻りたくないという気持ちがあれほどまでに強くなったことはなかった。他に帰る場所などないのだけれど、家の匂いが恋しくて仕方なかったこれまでの旅とは、なにかが違ってしまった。

突然湧き起こったこの気持ちは、私を足元からぐらぐらと揺らした。

どこで暮らそうと、人生は必ずついてまわる――私はとっさに浮かんだこの慰めのような、諦めのような言葉を実際に声に出して、運転席の夫を驚かせた。

「どうしちゃったの?」

質問に答えられないでいる間も、夫のハンドルはいつものように正確で、車はフェリーの荷台に吸い込まれていく。帰路、高松港に向けていざ出港。体だけが運ばれてゆく。

小豆島では、インターネットで見つけた小さなゲストハウスで過ごした。『二十四の瞳』のロケ地である映画村近くにあるその宿は、島の東部に位置する内海湾に面していた。

面しているといっても、森のなかの、たいそう高いところにある。

せっかく泊まるなら、らしいところに泊まるというのが、私の旅の支度のはじめ方だった。外国人が集う口コミサイトを調べたり、旅慣れたひとのブログを検索したりして、ガイドブックではあまり取り上げられていない宿を探す。

こうして見つけたSというゲストハウスのホームページには、ゲストが過ごす場所ひとつひとつへの思いや特徴が飾らない言葉で書かれていて、暮らし慣れたひとが書いた言葉があった。メールを送ってみたら返信も簡潔で感じがよく、ここで間違いないだろうと決めたのだった。

オーナーは日本人の女性と外国人のご主人。そしてまだ小さなお嬢さんがひとり。

「階段を五十段程上がる必要があります」

ホームページに書かれていたから、覚悟はしていたつもりだけれど、ボストンバッグを抱え小さな子の手をひいた体では、何度か休まないともたなかった。

階段をのぼるというよりは、坂にはいつくばると書いたほうがぴったりくる。首をうんとひねって、顔が空と平行になるまで仰がなければ、濃い森にくるまれて建つ白壁が視界に入ってこなかったほどだ。

しかしその圧倒的な不便さが、素晴らしい眺めを生んでいた。

部屋に荷物を置き、伸びをしながら裸足でウッドテラスに出てみれば、眼下には穏やかな内海湾が広がっている。

遠くには瀬戸内最高峰、星ヶ城山をはじめとする山々の稜線が淡く浮かび上がり、目を凝らせば対岸のいくつもの町の姿が見える。

来た階段を今度は下り、海へと続く小道をさらに下る。決め手のひとつとなった、プライベートビーチが待っていた。

穏やかな水面を入り江いっぱいに気前よく広げたような、小さな湖みたいなビーチで、私たちは飽きるまで浮かんで、魚を追いかけ、貝を拾った。

夢中になっている間に日が傾きはじめ、慌てて宿に戻る。夕日に間に合うように食事の支度をするためだ。

宿には海を見渡せるカウンターキッチンが設けられていて、宿泊客は自由に使うことができた。

ふと、食器棚に置かれた共用の器が目に入った。イケアのもので、こんなところにも一定に均《なら》された都市の暮らしの破片が転がっていた。

昼間スーパーで求めておいた食材に加え、オーナー夫妻が用意してくれている小豆島の名産――素麺や、オリーブやトマトのソースなど――を使って簡単な大皿料理をいくつかこしらえ、生ハムやフルーツと一緒に並べたら、テーブルからはみ出さんばかりの素晴らしい食卓が整った。

息が止まるほどの、真っ赤な夕日が内海湾に落ち、その後は虫の声が頭上から降ってきた。

闇が視覚をしまわせたぶん、今度は鼻と耳が動き出す。

背後には日中は感じ取れなかった森の濃い草いきれが立ちのぼり、目の前の淡い闇には、穏やかな海が変わらずに広がっていた。

風が少し、出てきた。行き交う船の灯火と、向こう岸の暮らしの明かりが、こちらに報せを送ってくるように小さく揺れている。

子どもたちをそれぞれの膝に寝かせ、灯りに群がる虫をはしゃいで邪険に払いのけながら、いつまでも夫と話をしていたかった。ワインの瓶はずいぶん汗をかき、旅の夜がいつまでもあけないでいて欲しいと願った。


こうした暮らしのリズムは、オーナー一家も同じだった。

日の出とともに起き出して宿泊客の朝食を用意し、自分たちはテラスに出てシリアルとコーヒーで簡単な食事をとった。

夕暮れには、どの客よりも早く、ビールを飲みながら一日の締めくくりをはじめる。

むき出しのテラスで、森に包まれ夕日に照らされながら話す夫婦の会話とは、どんなものだろう。

互いのまつ毛もシワも、自然の陰影にさらされながら話される結論は、都会の会話のそれとは違う宿命をゆく気がする。我慢よりは手放すことを、争うよりは逃げることを選び取れるのではないだろうか。

そう思ったのは、なにより私自身が自分を取り囲んでいる現実から逃げ出したかったせいだ。

彼らのプライベートスペースには、

〈夜九時以降は極力声をかけないでください〉

という立て札が置いてあった。

宿泊客と和やかに接しはするが、決して近くには寄りすぎない。彼らには彼らの暮らしがあり、それを大切に守っていた。私たちは、彼らの領域に束の間だけ身を寄せた、全身に都会暮らしをまとった見ず知らずの一家だった。

困ったときはいつでも手を差し伸べる心積もりと、他人に干渉しないスタンス。そのふたつの心地よいバランスは、一朝一夕には身につかないものではないだろうか。たいていはどちらかが過剰に、もしくは手薄になり、それが旅の興をそぐ。夫婦の間にどれほどの試行錯誤があったのだろう。どれだけの会話が交わされたのだろう。

海と森に囲まれた暮らし――誰かの人生をうらやましいと思う気持ちが、一瞬であれ、私のなかに居座ってしまった。

「この物件を見た瞬間に決めました」

奥さんは宿をはじめた経緯をそう話してくれたけれど、不便な宿をあえて選んでくれる客がどのくらいいるか、不安もあったはずだ。

私は他の宿泊客を思い浮かべながら、この日の一家の現金収入を算段し、光熱費や食費など勝手に算盤を弾いては、暮らしていくことは可能なのかシミュレーションしていた。

こんな皮算用をしている時点で、東京での経済活動をやめて離島暮らしが務まる資質など持ち合わせているはずがない。なんと不確かで子どもじみたことをしているかと思う。

折り返し地点と呼ばれる年齢に立ったことも、感傷の理由のひとつだろう。それだって、人生がいままでの倍続いていくと無条件に考えていること自体が、呑気で傲慢なのだ。


旅から帰るやいなや、息子がブロックを使ってフェリーとそこに載せられた車を再現しはじめた。

手元にあるすべてのブロックを動員し、船のお腹に車を積んでいる。自分の見たものを、ひとつずつ確かめるように、目の前に立ちのぼらせている。

ちょうど私もそのとき、この旅で自分のなかに起きた気持ちの変化をきっとどこかに書き残さなくてはならないと考えていたから、息子に先んじられたような気さえした。

こうして、帰宅して一時間も経たずに旅は過去へ移っていき、規律正しく築き上げてきた暮らしが、私を埋め尽くしていった。

ゲストハウスを発つとき、宿までの長い階段の先に、まだ続きがあり、いずれ森に溶け込んで見えなくなっていることに気がついた。

「階段の先には、なにがあるんですか」

そう聞くと、奥さんのほうが島の柔らかい言葉で教えてくれた。

「バブルの頃には、たくさんの別荘があったらしいんですけど、いまはなんにもありません」

この階段の先にかつてあり、たくさんのひとが足を運び、いまは森だけになったというその場所に、もし私が家を建てたなら。そう考えて眼下を見れば、白く光る凪いだ海がどこまでも広がっているだけなのだった。

季節がひとつ深まり、新しい靴を探しにいった私は、店員の前に差し出した足の甲に大きな影があることに気がついた。

シミに見えたそれは、旅のあいだずっと履いていたサンダルの日焼けの跡だった。最初は赤く、数日経つと鈍く黒ずんで、茶色へと変わって居座った。

その跡さえも消え、厚いタイツで覆うようになる頃、私は再び旅を思って焦れるだろう。

小豆島に旅したことなど、もう記憶のずっと奥の、それらしいところに飾って、次の旅の支度をはじめるだろう。

旅に出たままどこかに消えてしまいたいという思いと、わが暮らしこそ面白いじゃないかと誇る気持ちの間で、ずっと揺れ続けるのだろう。なにか突拍子もないことが起きて均衡が破られる——期待するような、怖がるような思いを、危なっかしくも持ち続けるのだろう。

母たちの狼煙

朝の一篇

初めての子どもを迎えるにあたって、里帰り出産は選ばなかった。

夫婦ともに実家を頼ることができないという、やむを得ない事情があったことがひとつ。それから、赤ちゃんが家にやってくるという一生に何度もない経験を、夫から奪うことになりはしないかという思いが、私にはあった。

一緒に親になっていきたかった。

ぐちゃぐちゃとやらになるならなるで、その姿も見ておいてほしかった。たいていのことを面白がれる夫の柔軟性をよく知っていたし、頼りにもしていた。

先に母になった友人たちは、実家に帰ったほうがなにかと楽だよと親身になってくれたけれど、私にとって説得力があったのはむしろ、父になった男友達の実体験だった。

里で手厚くもてなされ、すっかり新生児の扱いのセミプロになった妻と、母と密着した赤ん坊との間に、夫が入り込む場所はなかったという。

手伝おうとすれば、やり方が違うと取り上げられ、妻はひとりでなんでも片付けてしまう。オムツ替えなんて、何度かやれば上達する。手際の悪さを責める口実にするものではないはずだ。なにより、女のひとは夫に対しあまり多くを背負い込んではいけない。

母と子の連帯から締め出された男は、スタート地点ですでにつまずいている。妻のほうは、もうずいぶんと母然と立っているというのに。

もちろん、遅れを巻き返し、子育ての対等なパートナーとして自立していける男性もいるかもしれないけれど、とても難しいことだ。夫婦の連帯をもっとも強めなくてはならないそのとき――とくに生後三か月まで――に、妻は二十四時間赤ちゃんのためだけに生きてしまう。


赤ちゃんを迎えて三人で始まった生活も、夫を仕事に送り出してしまえば、あとは長い一日をふたりきりで過ごすことになる。

赤ちゃんは手加減しない。

二時間ごとに起きてはぐずり、全身で不快を主張する赤ん坊におっぱいを与え、おむつを替え、汗の湿り気を感じれば肌着を脱がせてやる。

静かになれば今度は、このまま安らかに過ごせるよう、やさしく抱えて部屋じゅうを歩き回ってあやしてやる。機嫌のいいときを逃さず、沐浴もさせる。

授乳によって大量の血液と水分が体内から出ていったあとは、助産師に言われたとおり、ノンカフェインの温かい飲み物を用意して、こまめに摂る。自分の体に栄養を行き渡らせるために、無理をしてでも、人参の切れ端でもなんでも食べる。

やっとベッドに横になり、自分のいびきが遠くで鳴っているかと思うと、まだ長く眠る体力のない赤ん坊が、寝起きは機嫌が悪いといって苦しそうな甘い声をだす。片時も母親を自由にはしない。

そんな日々のなかで、私にも名前があったことを思い出す出来事があった。

春がフライングしたような日、宮崎に住む友人から、最高級宮崎牛の薄切りが届いた。

小鍋に湯を沸かし、しゃぶしゃぶと揺らしてから醬油をかけ、立ったまま菜箸で口に放り込む。

今日現在の私を最大に幸せにするのは、こういうものなのだ。

送り主は腕白《わんぱく》をふたり育てあげたベテラン。いつもは不気味なイラストだなと思う宅配便の黒猫親子も、この日は愛らしく見えた。

しかし夕方になると、黄昏泣きと呼ばれるヒステリックな泣き方が私を悩ませた。ここまで踏ん張ってもまだ一日が終わらないと同時に、まばたきをしている間にもう半日が経ってしまったという矛盾に、絶望に近い気持ちになったこともある。


あの頃、夫は私にとって唯一の社会との接点だった。

会話に飢えていたから、帰宅した夫をつかまえてはその日の赤ん坊の様子を聞かせ、心の目でみつけたさまざまな発見について語り続けた。夫は辛抱強く、よく聞いてくれた。

それなのに、珍しく夫がビールの匂いをさせて遅く帰ってきたときには、こらえていたものを止められず、取り乱してしまったこともあった。

子育ては長いのだから、どっちかが気ままに寄り道をしなくてはもたないと、いまなら分かる。でもそのときは、家に閉じ込められて夜の風を感じることもできないと、夫を責めた。

一番恐ろしかったのは、夫が眠ったあとの夜だ。赤ちゃんと過ごす長い闇が、私は怖くてたまらなかった。

せっかくかわいい赤ん坊に恵まれたのに、なんてことを――ひとは言うだろう。あの刻一刻と、しかし遅々として進まないように思える真空の時間の厳しさは、そのときその場に立ったものにしか分からない。

日の光には、気持ちを前向きにする推進力が、どうしたってある。それなのに夜は、小さくてかわいい、宝のような娘が恐ろしくなる。

今日は少しは寝てくれるだろうか、泣き止まなかったらどうしよう、母乳はよく出るだろうか――うまくやり通せるか不安な私の前に、夜は巨大な壁として立ちはだかった。


出産から三週間ほど経った頃だろうか。

赤ん坊の体力はすさまじく、おっぱいは相変わらずうまく吸えないし、ミルクを多く与えても満足せず、泣きやまず、寝なかった。

長時間に渡る難産を経て、待ったなしで赤ちゃんとの生活がはじまった私は、気力体力ともに降参しかけていた。

救いはツイッターだった。

心配して顔を見にきてくれた友達から、こんな話を聞いた。

同じ年の同じ月に子どもを産んだ母親たちが、ハッシュタグを共有してツイッターで情報交換をしているという。

子育てにツイッターを役立てることなど考えてもいなかったから、スマホの向こうに広がるネットワーク——世田谷から、ニューヨークから、宇都宮から、ベルリンから——に驚いた。

個性に早くも違いを見せているとはいえ、月齢が幼い赤ちゃんはほぼ同じような発育途上にあり、その新しい生き物と格闘する女たちが、おすすめのオムツやおしゃぶりから、夫への不満、ふとしたときに感じる世界一かわいいわが子への愛情までを、素直な言葉で綴っていた。

〈赤ちゃんがかわいいと思えないことがある〉

そんな誰かの告白も、温かく受け入れられた。

夜中に母乳を与えながら片手でスマホをいじれば、母親たちが続々と集まってくる。

〈今夜二十二時から、集まれるひとで話そう〉

昼のあいだにこう誰かが投げかければ、定刻通りに
〈こんばんは〉

〈どうも！〉

〈寝落ちからの、復活〉

見慣れたアイコンが縦に流れはじめる。

行き交う言葉は、体温をもったパルス。経済活動が鎮まった闇夜に、母親たちの狼煙がぽっ、ぽっ、と立ちのぼり空を占めるさまを、私はよく思い描いてみた。見渡すかぎりどこまでも続く都会風の街並みの、屋根より高く、星より低い場所を貫く幾筋もの淡い火煙。無数の、私はここにいます。その光景はとても寂しく、美しかった。

スマホのブルーライトは、副交感神経に悪影響を与えます——そんなことは分かっている。育児書の言いつけを無視して、私たちはしばらく深夜の交信に熱中した。ツイッター上のメンバーたちに、私は確かに守られていた。

母と子は十か月を一心同体で過ごし、出産によってふたつに分かたれる。産み終わった女は、突然誰かに――男と赤子に――属する存在になってしまう。おぼつかない足元で、スタート地点に立たされる。

となりの芝生の色など、まだ見えはしない。命の責任者として歩みはじめた女たちの率直な連帯が、ツイッターにはあった。

二か月、三か月が経ち、赤ちゃんに眠る体力がついてくると、闇の怖さはだんだん薄くなり、ツイッターにもあまり顔を出さなくなった。

狼煙をあげていた女たちは眠ることを許され、それぞれの柔らかい布団に戻っていったのだろう。あれから六年が経ったいま、どこでどんな風に暮らしているのか、名前さえ、分からない。

娘が生後三か月を過ぎた頃だった。

目覚めると、いつもの夜とは違う。思わず時計を見る。なんてこと、ふたりして五時間も眠りこけている。

突然の出来事に体のほうは追いつかなくて、溢れ出た母乳で毛布が重く濡れている。思わず鼻を近づける。ねばっこい甘い香り。よろけながら立ち上がり、恐る恐るカーテンをひく。

目がくらむほどの、白い朝。

朝を取り戻した私は、再び力を漲らせていった。

そのうち娘には表情らしきものが現れ、こちらの問いかけにくぅ、くぅと笑うようになった。胸をかきむしりたくなる、その姿の愛らしさ。生後三か月を乗り切った親へのご褒美である。

体力が回復してくるにつれ、子どもだけを見つめていた私の視野は、自分を取り囲む半径へ、さらに先へと、徐々に広がっていった。

子どもは親の力だけで育つのではない。多くのひとと、言葉や思いやりの仕草を交わす豊かなコミュニケーションが、子どもを育ててくれる。

であれば親だって、より開かれた人間関係のなかに身を置き、世の中のことを、なにより自分自身のことを、語れる言葉を育てていかなくてはならない。

私にとってそれは、働くことへの新たな決意だった。

怯えた長い夜は、もういちど社会と自分を結び直すために必要な通過点だったのだ。

長い冬が終わり、春がやってきた。

天気のいい午前中を選んで、初めてふたりで近所のスーパーに買い物にでることにした。

首が据わったばかりの娘を抱っこひもでくるみ、駅までの道のりをゆっくり歩きはじめた。五月の初めにしては暑い日で、娘の額は薄く汗ばみ、その体温と密着していた私は汗だくになった。

キューバの田舎町をひとりで旅したときよりもずっと、私は緊張していた。

転んだらどうしよう。

大声で泣きはじめたらどうしよう。

知らないひとに、いちゃもんつけられたらどうしよう。

小さいひとを抱えて歩く膝が、あんなに震えるものだとは知らなかった。

家のなかで向き合うには、あまりにも熱いエネルギーを蓄えた命。その命のはじまりを、親は腕にかかえきれない責任の重さに戸惑いながら、歩きはじめる。

娘の産毛を揺らした春の風を、私は忘れない。

こうして遠くから振り返るとき、あの濃密な時間は、ひときわ懐かしく大きな結び目となり、私の胸を鼓舞する。

あれほど全身全霊で充実を味わった時間はなかった。どうしたことか、いま、私はあの闇が恋しい。

あとがき

人生の午後

　占星術の個人授業を受けていたことがある。雑誌の星占いページの担当が長く、興味を惹かれ、担当の先生に教えてもらえないかとお願いしてみた。大学出の編集者にものを教える自信がないと、謙遜されつつ紹介されたのが、先生のそのまた先生である、当時八十代の大家《たいか》だった。

「もう弟子は取らないとおっしゃっていたけれど、聞くだけ聞いてみましょう」

　そう言って連絡をとってくださった。生年月日、時間、出生地も提出するようにというのが、いかにも占星術の世界の住人らしい。

「物覚えは悪くなさそうね。来週から来られるかしら?」

　初めて電話口で聞く師匠の声は穏やかで威厳があり、私は狐につままれたまま、めでたく最後の門下生となった。

どうして占いをと問われれば、時代を超えて多くのひとを夢中にするコンテンツの秘密を知りたいという探求心から——というのは建前で、いい年して人見知りだったからだ。撮影の現場というのは、待機や移動時間が案外長い。初対面のひととコミュニケーションを取るのが苦手で、場をもたせるきっかけになればという下心もあった。

占いをしていると、目の前の相談者に深く入り込んでしまう。相手について語り尽くしたいという欲が出てきて、言葉に対し自分でも驚くほどしつこくなる。地球——りんごのようなものを代用で想像したりもする——にそのひとが立っている姿を思い描き、彼・彼女が母胎から出たその瞬間に惑星がどんな位置にあったのかをホロスコープ（星の見取り図のようなもの）を描いて読み解く。人間についての物語であるという点では、フィクションや随筆と変わらない。

私に占いの知識があると知ると、必ずこんな風に聞いてくるひとがいる。

「犯罪者になるか、英雄になるか、占いで分かったら苦労はないよ」

この考え方は占いというものの一面ではあるがすべてではないと、私は思う。

生物学者・福岡伸一さんの著書『動的平衡』で紹介されていたエピジェネティ

クスという新しい研究分野が、私の考えをあと押しした。本をいちど閉じて冷静になってから、アッ!と声をあげてしまったほどだ。

エピジェネティクスとは、エピ（外、離れて、の意味）とジェネティクス（遺伝学）が組み合わさった、従来の遺伝の外側で起きる遺伝現象を指す。たとえばA、B、Cという三つの遺伝子があるとする。それぞれがいつどんなタイミングで働くか順番が変わるだけで、生命は変わってしまうというのがエピジェネティクスの考え方だ。

楽譜にたとえることもできる。指定された音符は同じでも、どんな強さで、どんな速さで弾くかは、奏者に委ねられている。曲調も変わってくるだろう。「（遺伝子は）ある情報で私たちを規定すると同時に、『自由であれ』とも言っている。そう考えた方が私たちは自由に生きられるのではないか」（『新版 動的平衡2』福岡伸一）

占星術に引きつけていえば、もって生まれた星の配置を生かすも曲げるも、そのひと次第。自らの力では太刀打ちできない宿命を畏れながらも、そこから自由でありたいという叫びが、占いの発展を支えてきたのだ。

遅ればせながら自己紹介をすると、私は散居村で知られる富山県砺波市に生まれ、大学進学を機に東京に出てひとり暮らしをはじめた。一族のなかで、女で、大学を出て、都会でサラリーマンになって自分の財布で家庭を切り盛りする初めての代だ。生まれた土地を離れ、田畑を耕すことなく収入を得るという、戦後の日本があっという間に達成してしまった近代化の縮図のような人生を、私は一代で生きてしまっている。このことが進化なのか後退なのか、答えを見つけなければ本当じゃない気がしてしまう。この揺れは、失われた世代――ロスト・ジェネレーション――ならば誰しも胸に流れている主旋律ではないだろうか。

大学を出たあと出版社に就職し、編集者として働くなかで、趣味が高じて本を出す機会に恵まれた。新聞やウェブサイトでも執筆を担当するようになり、文章を書くことが日常的になった。

朝と夜に書き綴ってきた散文が、この本の構想のもとになっている。子どもが寝たあとの夜と、子どもが起きる前の朝、発表する場のない自主練習を含みながら、とにかく私は書いた。怠けがちな自分の性質をよく分かっているから、負荷を課すことでまっすぐ立っていたかった。

朝と夜では、選ぶテーマや曲調は違ってくる。日の光の移ろい、そしてそこに質感の柔硬や温度の高低、喜怒哀楽、曖昧さと明瞭さ——なるべく多くの手触りが交わる味わいを描こうというのが、この随筆の設計図だった。そしていずれの交差点にも、私の率直な心を難しい言葉を使わずに編み込んで行くこと。これが、執筆の途中で見失わないようにしてきた道しるべだ。

思春期から現在までを網羅的に書いたつもりだけれど、子どもを産んでからの人生のほうが比重としては大きくなった。妊娠・出産は一番大きな喜びであったことは間違いない。それさえも、たまたま幸運だったに過ぎない。そして、過ぎてしまったことだ。

人生で一番幸せな時期と聞いて、どんなときを思い浮かべるだろうか。

それはたとえば、まぶたに燦々と陽光が降り注ぎ、自らの影を意識しない時間。日が暮れるまで、まだまだ時間が残されているように感じ、肌寒くなる予感もない。目覚めれば成長があり、拡大があり、新しい出会いが用意されている。

ユングは、こうしたときを「人生の正午」と名付けた。しかしひとはまえもって正午を知ることはできない。ゆえに儚く、かけがえのないものとして世界中の優れた作品の主題に据えられてきたのだ。

あれが人生の正午であったという痛みを、病という形で突きつけられるひともいれば、親の介護によって、また、会社員としての出世に限界が見えたときに初めて立ち止まって知るひともいる。

自らを照らしていた太陽が角度を変え、今までとは違った場所に影を作る。この影は、まだ経験したことのない秘密の部屋である。それは突然の訪れではない。静かに、そっと、気がつけば寄り添っている。


死を意識したことが二度ある。

一度目は、初めての出産のとき。大変な難産だった私は、酸素マスクをつけられると同時に、意識を失い、それまでの人生で出会ったありとあらゆるシーンが超高速のコマ送りでまぶたに流れた。

「そっちに行っちゃだめ」

そう呼ぶ声を遠くに聴きながら、助産師さんに手をきつく引っぱられてこっちの世界に戻ってきた。

二度めは、これはわりと日常的に経験しているのだけれど、子どもたちが親を驚かせる成長をみせた――昨日とほんの少しでも違う姿に私が気がつくことができた――とき、私は死に近づいていると感じる。時間は一定方向にしか進まない。子どもたちがものすごいスピードで人生の坂を上昇していくとき、親はそこには並走していない。私がゆく道は下りしかないのだ。そんなイメージが、体のなかにぽんと入り込んできて、私の生は午後を迎えつつあるのだという手ごたえが、ある日自然と腑に落ちた。

友人に話したら、

「ちょっと、やだ、変なこと言って。人生がもったいないよ」

どうかしていると言う。

そうだろうか。死を考えることが生を乱暴に扱うことになるとは、私は思わない。

あるとき、私の本を読んでくれた少し年上の女友達がこう言った。

「あなたのことを長年知っているつもりでいたけれど、全然知らなかったみたい。これからどうぞよろしくね。いろんな話をしましょう」

こちらこそ。

見たいと強く願い続けたひとにだけ開ける扉があるとしたら、その扉が、目の前に現れた気がした。

見知っていると思っていたものを、手のひらにのせて、別の角度から新しい目で見てみる。そんなわからなさが、自分をどんな世界へ連れていってくれるのか、知りたいと思う。

新しい朝と、諦めや後悔を伴った夜を繰り返しながら、人生は螺旋を描いて下り坂へとゆるやかにシフトしていく。ときに演奏の手を休めたり、次の世代に弾き方を教えてやる。途中で出くわした誰かと一緒に弾くこともあるだろう。自分の意志で奏でる自由が、私たちにはある。

そして言葉はその音色を味わうためにあるのだと、このあとがきを書いているいま、分かった。

著　者

寿木けい（すずき・けい）

富山県出身。早稲田大学を卒業後、出版社に勤務。フォロワー数 11万人を超える（2020年現在）ツイッターの人気アカウント「きょうの 140字ごはん」の持ち主でもある。趣味は読書と仏像巡り。好物はカキとマティーニ。著書に『いつものごはんは、きほんの 10品あればいい』（小学館）、『わたしのごちそう 365 レシピとよぶほどのものでもない』（セブン＆アイ出版）。新聞やウェブサイトに食や生活に関する連載も持つ。

keisuzuki.info

閨《ねや》と厨《くりや》

2020年3月10日 初版発行

著　者　寿木けい

発行者　小林圭太

発行所　株式会社 CCCメディアハウス

〒141-8205　東京都品川区上大崎3丁目1番1号

電話　03-5436-5721（販売）　03-5436-5735（編集）

http://books.cccmh.co.jp

装幀・本文デザイン　高柳雅人

装画　原 裕菜

校正　株式会社円水社

印刷・製本　豊国印刷株式会社

ISBN978-4-484-20204-4